새를 아세요?

새를
아세요
?

김신용 장편소설

문학의전당

이 글은 〈비브르 사 비〉라는 영화에 의해 시작된다

새를 아세요? 새는 겉과 속을 가진 동물이죠.

새의 깃털 속에는 몸이 있고 그 몸속에는 새의 영혼이 있죠.

나의 깃털…

당신이 거리에서 나를 만나 사천 프랑에 나를 산다 해도

그건 단지 깃털 속의 내 몸을 잠시 빌려갈 뿐이에요.

내 자신을 타인에게 빌려줄 수는 있어도 줄 수는 없어요.

프롤로그

 생의 고통을 이해하게 되면 아름다움에 더 깊이 눈을 뜨는 걸까? 내가 그녀에 대한 기억을 떠올린 것은 우연히 본 영화 때문이었다. 프랑스 파리 뒷골목 창녀의 세계를 그린 장 뤽 고다르 감독의 〈비브르 사 비(Vivre Sa Vie, 1962)〉라는 영화였다. 그날, 나는 대학로를 걷고 있었는데, 그 길에서 우연히 시인인 한 여자친구를 만났다. 나를 선배라고 부르는 그 여자친구는 심심했는데 잘됐다며 내게 영화 초대권 두 장을 내보였다. 별로 볼일이 없던 나는 그 초대에 쾌히 응했고, 함께 대학로에 있는 작은 극장에 앉았다. 그리고 그 영화를 보았다. 오래된 흑백 필름인 그 영화는 조금 지루했지만, 몇몇 대사는 아주 매혹적이었다. 특히 내 눈길을 끈 대사는 이랬다.

 내 이름은 나나, 나이는 스물두 살, 지금은 헤어진 남편 폴과 만날 수 없는 아이가 하나 있다. 남편과 헤어진 이유? 설명하기

어렵다. 아니, 설명하고 싶지 않다. 함께할수록 점점 멀어지는 그 느낌을 참아내기 어려웠다고 할까? 난 배우가 되고 싶다. 표정의 미묘한 떨림만으로 사람들의 가슴을 사로잡는 위대한 배우가 나의 꿈. 지금은 비록 접어둘 수밖에 없는 꿈이지만.

난 매일 거리로 나간다. 그것이 나의 직업, 영화 포스터가 붙어 있는 거리의 담벼락에 등을 기대고 지나가는 사람들과 눈을 맞춘다. 그들은 나의 매력을 사고 나는 그들에게서 하루를 연명할 돈을 얻는다. 아무런 생각조차 없이 흘러가는 삶이지만 난 아무도 탓하지 않는다. 이 모든 것은 나의 책임이니까. 이 삶은 나의 삶이니까.

새를 아세요? 새는 겉과 속을 가진 동물이죠. 새의 깃털 속에는 몸이 있고 그 몸속에는 새의 영혼이 있죠. 나의 깃털… 당신이 거리에서 나를 만나 4천 프랑에 나를 산다 해도 그건 단지 깃털 속의 내 몸을 잠시 빌려갈 뿐이에요. 내 자신을 타인에게 빌려줄 수는 있어도 줄 수는 없어요.

*

그날, 어두운 극장에 앉아 내레이션으로 흘러나오는 그 영화의 주인공인 창녀의 독백을 들으며 나는 감동과 함께 충격을 느꼈다. 세상에! 창녀에게도 꿈이 있다니! 그것도 표정의 미묘한 떨림으로 사람들의 가슴을 사로잡는 위대한 배우가 되는 것이 꿈이라니! 몸을 팔아야 하는 현실이 자신의 책임이라니! 그 삶이 자신의 삶이라니!

그때의 서울역 앞에는 양동이라는 이름의 빈민굴 사창가가 있었고, 그런 창녀들이 많이 살고 있었다. 나 또한 그때에는 그곳에 살고 있었고 또 그런 창녀들을 많이 보아왔었다. 그러나 영화 속의 창녀처럼 "난 아무도 탓하지 않는다. 이 삶은 나의 삶이니까. 이 모든 것은 나의 책임이니까" 하며 자신의 삶에 대한 뚜렷한 인식과 몸을 파는 현실에 대한 분명한 자기의식을 가지고 있는 창녀는 보지 못했었다.

그때, 내가 살고 있던 양동 빈민굴 사창가의 창녀들은 대부분 자신이 창녀라는 것을 부끄러워했고 또 남에게 숨기고 싶어 했다. 그 창녀들은 빈민굴의 어둠 속에 숨어 몸을 팔곤 했다. 또 그 창녀들은 영화 포스터가 붙어 있는 거리의 담벼락에 등을 기대고 서 있지도 못했고, 지나가는 남자들에게 눈을 맞추며 세련된 자의식의 담배를 피워 물지도 못했다. 그 창녀들은 자신의 매력에 대한 확신도 없었고, 그 매력을 나타낼 능력도 없었다. 그런 의미에서 양동 사창가의 창녀들은 빈민굴의 '어둠'을 가면처럼 쓰고 싶어 했고, 스스로 존재하면서도 존재하지 않는 존재가 되고 싶어 했다. 물론 그녀 또한 마찬가지였다.

그리고 존재에 대한 어떤 슬픔까지 느끼게 하는 그 독백을 듣는 순간, 나는 한 창녀를 떠올렸다. 그동안 까마득히 잊고 있었던 존재였다. 물론 세월 때문이었다. 흘러가는 세월은 나 자신도 모르게 많은 일들을 잊게 했다. 그녀에 대한 기억 또한 마찬가지였다. 한때, 내 가슴속 깊숙한 곳에 화인처럼 찍혔었지만, 세월은 그 상처마저 잊게 했다. 아물게 한 것이 아니라 그냥 지워버렸었다. 아무 일도 아닌 듯, 아무것도 아니었다는 듯 지워버렸었다. 나는 그냥 잊어버렸었고 아무 일 없었다는 듯 아무렇지도 않게 살아왔었다. 그러나 그때 내가 문득 그녀를 기억 속에서 떠올린 것은 어쩌면 그 영화 속의 창녀와 너무도 뚜렷이 대비되는, 그 정반대의 이미지 때문이었는지도 모르겠다. 그녀 또한 행인들이 지나다니는 거리의 담벼락에 등을 기대고 서 있지도 못했고, 지나가는 남자들에게 눈을 맞추고 세련된 자의식의 담배도 피워 물지 못했었으니까.

아니다. 어쩌면 내가 잊었던 그녀를 기억해낸 것은 그 꿈 때문이었는지도 모르겠다. 영화 속 창녀의 꿈이 표정의 미묘한 떨림만으로 사람들의 가슴을 사로잡는 위대한 배우가 되는 것이었듯이, 그녀에게도 분명 꿈이 있었다. 나는 그 꿈이 무엇인지를 알았다. 나는 그녀에게서 분명 자신의 꿈이 무엇인지를 들었었다. 그러나 그 꿈은 그녀가 이루기에는 도무지 불가능한 것이었다.

그러나 그 꿈이, 그녀가 이루기에는 아무리 불가능한 것이었다 해도 꿈은 꿈이었다.

그날, 지워져버린 그녀의 모습을 내 기억 속에서 끄집어낸 것은 분명 영화 속의 창녀와는 너무도 대비되는, 그 꿈 때문이었을 것이다. 그러나 그녀의 얼굴은 그때 마치 비문증처럼, 그러니까 파리나 모기가 눈앞을 날아다니는 듯한 눈의 얼룩인, 그 비문증처럼 내 눈앞에서 어른거리다가 곧 지워졌다. 아니, 의도적으로 지워버렸는지도 모른다. 묵은 상처를 끄집어내어 아파할 필요는 없었으니까. 그리고 영화가 끝나고 극장 바깥으로 나왔을 때는 그 기억은 희미해져 있었다. 이미 세월 또한 많이 흘러 있었으므로.

*

그리고 극장을 나온 나는 시인인 그 여자친구와 함께 대학로에 있는 한 술집에 앉았고, 그 영화에 대한 이야기로 술을 마시고 있을 때, 나를 선배라고 부르는 여자 시인은 불쑥 이렇게 물어왔다.
"선배, 선배에게도 혹시 애인이 있었어요?"
그러니까 시를 쓰는 그 여자친구는 그때, 서울역 앞의 양동 빈민굴 사창가에서 오랫동안 살아온 나의 이력을 알고 있었고, 그런 창녀들 속에 살면서 혹시 그 영화 속의 창녀와 같은 여자와 연애를 해본 적이 없느냐고 시인다운 호기심으로 묻고 있는 것이었다.
애인? 나는 잠시 당황했다. 그 어감이 너무도 생소했기 때문이었다. 또 질문의 의도가 얼른 파악이 되지 않았기 때문이었다.
'애인? 내게도 애인이 있었나?' 나는 잠시 생각했다. 그러나 곧 단호히 대답해주었다.
"없었어!"
그리고 나지막이 부연 설명을 해주었다.
"나는 스물네 살 때 정관수술을 해버렸어. 그 이후, 나는 누구에게도 연애 비슷한 그런 감정을 품어본 적은 없었어."
그 말에 여자 시인은 놀란 듯한 눈빛으로 내 얼굴을 빤히 쳐다보다가 조심스런 어조로 다시 물어왔다.

"그러면 그게 정말이에요? 픽션 아니었어요? 배가 고파… 돈 팔백 원을 얻으려고… 정관수술을 했다는…?"

"그래, 그것도 두 번씩이나… 잘라버렸어. 그 이후, 나는 어떤 여자에게도 연애를 하자며 따라다니거나 하는 그런 주접을 떨어본 적이 없었어. 그 정관수술의 메스는 그때, 젊은 내 영혼의 목을 치고 가는 칼날이었으니까."

그 말에, 후배 여자 시인은 더욱 놀란 듯한 눈빛을 떠올리다가 의혹에 찬 목소리로 다시 물어왔다.

"그렇다고… 연애를 할 수 없는 것은 아니잖아요. 아이를 낳을 수 없는 것뿐이잖아요?"

나는 할 말을 잃었다. 그러나 무어라고 대답을 해주어야 했다. 그러니까 시인인 그 여자 친구는 이렇게 묻고 있는 것이었다. "정관수술을 해 생식 능력은 없어졌어도 성적 능력은 없어진 것이 아니잖아요?"라고. 나는 낭패감을 드러내며 술잔만 만지작거리다가 다시 나지막이 대답을 해주었다.

"내겐 젊은 날이 없었어. 내 젊은 날은 '잿빛 노트'*일 뿐이었어. 그날 이후, 나는 마음에 드는 여자가 있으면 그냥 '니, 내 좋나? 좋으면 우리 하룻밤 같이 자까?' 했어. 그러니까 그때 이후 나는 어떤 여자에게도 꽃을 갖다 바치거나 연애 비슷한 것을 하자며 치마꼬리를 붙들고 따라다녀본 적이 없었어. 그 거두절미가 내가 사는 방식

---

*로제 마르탱뒤가르, 『회색 노트』.

이었으니까."

그때, 그렇게 말한 나 또한 '시인'이라는 것이 되어 있었다.

그리고 그때, 그녀의 얼굴이 흐릿하게 내 눈앞에 떠올라 있었다.

*

그리고 시인이 된 지금, 이따금 나는 시인이란 존재에 대해 생각해보곤 한다. 시인이란 어떤 존재인가? 어떤 존재여야 하는가?

그러나 시인이란 어떤 존재여야 하는지에 대해 딱히 대답이 떠오르지 않는다. 내 얼굴이 하도 여러 개였기 때문이다. 그리고 보면 내게 있어 이 '시인'이란 것도 그 여러 개의 얼굴들 중의 하나였을 뿐이었는지도 모르겠다.

기억해보면, 지금까지 내가 살아오는 동안 너무도 많은 얼굴들을 내 몸통 위에 바꾸어 달았었다. 그러니까 하나의 직업을 가질 때마다 그 직업에 맞는 또 다른 얼굴을 바꾸어 달곤 했다. 그리고 보면 시인이 된 지금의 내 얼굴은 그동안 내가 바꾸어 달았던 그 모든 얼굴들의 집합체인지도 모르겠다. 왜냐하면 내가 거쳐 왔던 그 수많은 직업들 속에서 시인이란 얼굴이 내 마지막 얼굴이기를 나는 바랐으므로. 마치 영화 속 창녀의 꿈이 표정의 미묘한 떨림만으로 사람들의 영혼을 사로잡는 위대한 배우가 되는 것이었듯이—.

그랬다. 그때, 시인이란 것이 내가 가슴속에 숨기고 있던 마지막 꿈이었다.

그러면 그녀를 만났을 때의 내 얼굴은 어떤 것이었을까? 어떤 얼굴을 내 앙상한 몸통 위에 매달고 있었을까?

　시인이 된 지금, 나는 이따금 거울에 내 얼굴을 비춰보곤 한다. 낯선 얼굴이 떠 있다. 아직도 길은 어디에 있나? 하고 묻고 있는 물음표 같기도 하다. 그러니까 뿌리에 도끼가 찍힐 때 마다 하나씩 바꾸어 달았던 얼굴, 텅 빈 상자를 묶은 끈의 매듭 같은 얼굴. 이제 말하는 것 외에 얼굴이 할 일은 무엇일까? 하고 아직도 묻고 있는 것 같기도 하다.
　그래, 지금 말하는 것 외에 내 얼굴이 할 일은 무엇일까? 혹시 우는 걸까? 정말 우는 것뿐일까? 절망이라는 도끼가 뿌리에 찍힐 때마다 잎만 떨어트려주는 나무처럼?
　그래, 내게도 애인이 있었다. 내가 이렇게 말하면 아마 사람들은 웃을 것이다. 내가 어떤 인간인지를 사람들은 잘 알기 때문이다. 그래, 한때 내게도 애인이 있었다. 그것은 내가 애인이라고 생각하지 않는 애인이었다. 그러니까 여자는 나를 애인이라고 생각해도 나는 애인이라고 생각하지 않는 애인이었다.
　새의 깃털… 그녀의 야윈 몸통에 꽂혔어도 "니, 내 좋나? 좋으면 우리 하룻밤 같이 자까?" 하는 말 한마디하지 않았던 깃털…
　몸속에 영혼을 가진 새의 차가운 깃털—.

　그리고 지금 공원의 벤치에서 노숙을 할 때를 기억하면 온통 비의 이미지만 떠오른다. 지금 이 글을 쓰고 있는 순간에도 나는 비에 젖어 흐른다. 공원의 벤치에서 비를 맞고 있던 그 순간이 지워지지 않고 지금까지 내 생의 전체를 관류하고 있기 때문일 것이다.

그 비는 모든 것을 독화(獨化)시키고 자석화시킨다. 고통만을 섬처럼 떠올리고 모든 쓸쓸함을 빨아들인다. 그리고 비참함만을 벤치에 앉혀놓는다.

지금 그녀에 대한 기억도 그 비의 이미지만으로 남아 있다. 어쩌면 그녀가 입고 있던 검은 물방울무늬의 원피스가 주는 이미지 때문인지도 모르겠다. 그 둥글고 작은 물방울무늬의 옷은 언제나 그녀를 비에 젖어 있는 것처럼 보이게 했다. 그리고 그녀는 언제나 비에 젖어 있었다. 고통과 고뇌의 비에―. 그리고 지금 이 글을 쓰는 순간, 나는 그녀를 분명히 기억하고 있다.

차례

프롤로그 • 9

1부

짜장면 한 그릇만 사주실래요? • 23
벤치 위에 떨어진 낙엽이 더 쓸쓸하다 • 32
공중변소가 있는 풍경 • 43
강철집, 낯선 세계 • 50
비의 가시 • 70
꿈이 있어야 존재하는 것 • 85
허구일 뿐인, 심리적인 공간 • 101
니, 내 좋나? 좋으면 하룻밤 같이 자까? • 110
모래의 인간 • 117
겨울의 발가벗은 악기 • 121

2부

11월의 나비는 바다 위를 난다 • 131

장식을 벗겨버린 장식 • 134

등나무처럼… 11월의 나비처럼… • 143

강철잎 • 150

등나무의 푸른 그늘 • 154

벚꽃은 팝콘처럼 터진다 • 160

발작이라는 이름의 춤 • 172

갈대 • 195

밤, 그리고 전차 • 202

에필로그 • 219

작가의 말 • 229

1부

짜장면 한 그릇만 사주실래요?

　내가 그녀를 만난 것은 남산공원에서였다. 여름이었다.
　그 여름, 나는 공원의 긴 나무 벤치에 앉아 있었다. 오랜만에 다시 찾은 벤치였다. 그때까지 내 생의 전부가 그랬던 것처럼 아무 할 일이 없는 듯, 아니, 하릴없는 듯이 나는 막막히 앉아 있었다.

　그때, 내가 앉아 있던 벤치는 공원의 어린이 놀이터를 오르는 계단 옆의 긴 나무의자였다. 그 벤치에 앉아 있으면 공원을 오르는 계단이 한눈에 내려다보였다. 그날, 나는 포플러나무 그늘이 있는 그 벤치에 앉아 있었고, 그녀가 계단을 걸어 올라오는 것을 보았다.

　돌로 만들어진 계단은 완만했다.
　그러나 그녀는 힘겹게 걸어 올라왔다. 몸이 불구였기 때문이었다. 그녀는 어릴 적 소아마비를 앓은 듯 오른쪽 다리가 가늘게 휘어져 보였다. 그 가늘어진 무릎의 관절은 그녀가 걸을 때마다 몸을 기우뚱거리게 했다. 한쪽 팔도 마찬가지였다. 왼쪽 팔이었는데, 그것도 역시 어린아이의 것처럼 가늘어져 있었고 손목은 굽어져 있었다. 그녀는 굽어진 손목을 오른쪽 손으로 꼭 쥐고 계단을 걸어 올라왔다. 발걸음을 떼어놓을 때마다 굽어진 손목이 자꾸만 뒤틀리려 했기 때문이었다. 그녀는 그런 모습으로 몸을 기우뚱거리며 힘겹게 계단을 걸어 올라왔다.

그녀는 아직 어려 보였다. 귓바퀴의 솜털도 채 가시지 않은 나이쯤으로 보였다. 머리 모양도 그 또래쯤의 소녀들이 흔히 하고 있는 쇼트커트형의 단발머리를 고무줄로 뒤로 묶은 모습이어서 더욱 그렇게 보였다. 얼굴은 약간 둥그스름했다. 눈도 둥근 편이었고 입술도 도톰해 보여 전체적으로 둥그스름해 보였다. 그 얼굴의 윤곽은 그녀의 자그마하고 미발육처럼 보이는 몸을 아담하게 만들어주었다. 그러나 그 아담함은 그녀가 발걸음을 떼어놓는 순간, 산산이 깨어졌다. 그 균열은 그녀를 더 그늘지고 야위어 보이게 했다.

그녀는 긴 소매에 발목까지 내려오는 원피스를 입고 있었다.
작고 둥근 물방울무늬가 점점이 박힌, 속살이 살풋 내비치는 얇은 천의 흰 원피스였다. 검은색의 그 물방울무늬는 빗방울을 연상케 했다. 그 빗방울 무늬는 그녀를 비가 오지 않았는데도 비에 젖은 듯 보이게 했다. 그리고 긴 소매와 발목까지 내려오는 원피스는 그녀의 불구를 가려주고 있었다. 아직 여름인데도 그녀는 그렇게 애써 자신의 불구를 가리고 계단을 걸어 올라와 어린이 놀이터 입구에 서서 잠시 주위를 둘러보았다. 그때는 막 오후로 접어드는 무렵이었고 평일이어서인지 어린이 놀이터는 한산했다. 그러나 그녀는 어린이 놀이터 따위에는 관심도 없다는 듯 쳐다보지도 않고 놀이터 바로 옆에 있는 공터 쪽으로 천천히 발걸음을 옮겼다.

그 공터에는 사과 궤짝 위에 오징어나 땅콩, 쥐포, 삶은 계란 따위를 올려놓고 잔소주도 파는 노점 좌판이 색 바랜 비치파라솔의 그늘 아래 놓여 있었다. 그녀는 잠깐 서서 얼굴에 흐르는 땀을 손에 쥐고 있던 손수건으로 닦고는 다시 좌판 앞으로 천천히 걸어갔다. 비치파라솔의 그늘 아래에서 간간이 부채질을 하며 졸린 듯 앉아 있던 뚱뚱한 중년의 노점 아주머니는 다가오는 그녀에게 아는 척을 했다. 그리고 마치 약속이라도 되어 있는 듯 그녀 앞의 작은 종이컵에 소주 한 잔을 따라놓았다.

그 잔소주가 놓인 노점 좌판 앞에 쪼그리고 앉은 그녀는 원피스의 호주머니에서 꼬깃 접힌 작은 종이 봉지 하나를 꺼냈다. 그 봉지를 열자 두 알의 알약이 나왔다. 노란색이었다. 그녀는 그 알약을 입속으로 톡, 넣고는 좌판 위에 놓인 작은 종이컵 속의 소주를 홀짝 들이켰다. 그리고 얼굴을 찡그리며 알약을 목구멍으로 넘겼다. 순간, 초췌해 보이던 그녀의 얼굴에 발그레 생기가 도는 것 같았다.

그렇게 잔소주와 함께 알약을 목구멍으로 넘긴 그녀는 좌판 앞에서 몸을 일으켰다.

그리고 주위를 다시 둘러보았다. 여름 오후의 공원은 여전히 한적

했고 어린이 놀이터의 곳곳에는 미끄럼틀, 시소, 그네, 스프링 목마 같은 놀이기구들이 놓여 있었지만, 여전히 그녀는 그런 것에는 눈길도 주지 않고 공터가로 나 있는 산책로 쪽으로 시선을 가져갔다.

그 산책로에는 내가 앉은 나무 벤치와 똑같은 모양의 벤치들이 띄엄띄엄 놓여 있었고, 한가로운 산책객들로 보이는 남녀 몇 사람이 역시 나무 그늘의 벤치에 앉아 있었다.

그녀의 시선은 그 벤치로 옮겨가 있었고, 그렇게 벤치를 살펴보던 그녀의 시선이 어느 한순간, 내가 앉은 벤치 쪽으로 옮겨왔다. 그녀와 나의 시선이 마주쳤다. 나는 못본 척 시선을 피했지만, 그녀는 내가 앉은 벤치 쪽으로 천천히 걸어왔다.

*

그녀는 다가오기가 무척 미안한 듯 다가왔다.

그것은 발걸음을 떼어놓는 순간 전신에 균열을 일으키는 자신의 불구를 미리 의식하고 있는 듯한 몸짓이었다. 그러나 용기를 낸 듯 천천히 다가온 그녀는 내가 앉은 긴 나무 벤치의 비어 있는 한쪽 끝에 가만히 엉덩이를 내려놓았다. 그러고는 공원에 한가롭게 산책을 나온 듯한 표정을 짓고 손에 든 손수건으로 얼굴에 돋은 땀방울을 닦으며 눈 아래 펼쳐진 서울 시가지의 풍경을 바라보는 척했다. 그때 나는 그녀를 잠깐 쳐다보았고, 그녀가 너무 어려 보인다는 표정을 지어 보이며 곧 무덤덤한 표정으로 되돌아왔다. 그러나 그녀는 그 반응을 놓치지 않고 내게 말을 건네 왔다.

"지금 뭐하세요? 산책 나왔어요?"

나는 그녀를 다시 쳐다보았다. 그리고 그녀의 얼굴에서 종이컵에 담긴 소주 한 잔과 약물이 떠올려놓은 것이 분명해 보이는 발그레한 미소를 보고는, 심심한데 말동무가 하나 생겼군, 하는 표정을 지으며 말해주었다.

"심심해서 졸고 있던 참이야."

그녀는 쿡, 하고 웃었다. 내 농담이 긴장을 풀어준 모양인지 그녀는 그렇게 천진한 웃음을 짓다가 또 내게 무슨 말을 건네려다가 그 말이 목구멍에 걸린 듯한 표정을 지었다. 그때 나는 다시 말해주었다.

"공원에 놀러온 거야? 혼자 왔어?"

그녀는 당황한 듯 얼굴을 붉혔다. 그리고 머리를 수그린 채 원피스 자락을 만지작거리며 잠시 침묵하다가 무엇인가를 결심을 한 듯 얼굴을 들고는 나를 빤히 쳐다보며 말했다.

"저… 아저씨, 짜장면 한 그릇만 사주실래요?"

이번에는 내가 당황했다. 짜장면 한 그릇만 사주실래요? 하는 그 말이 무슨 뜻인지 얼른 이해가 되지 않았기 때문이었다. 그래서 나 또한 그녀의 얼굴을 물끄러미 쳐다보다가 얼버무리듯 말했다.

"아직 밥을 먹지 않았어? 벌써 점심때가 지났잖아? 집이 여기서 멀어?"

그녀에게 그렇게 반문하던 나는 순간, 아차, 내 실수를 알아차린 듯 얼른 말을 바꾸었다.

"왜, 가출했어? 혹시 집을 나온 거야? 그래서 이 공원에 앉아 있는 거야?"

 나는 그렇게 말하고는 그녀의 어린아이의 것처럼 가늘어져 있는 왼쪽 손목과 다리를 쳐다보았다. 그 불구를 보며 나는 가만히 한숨을 내쉬었다. 그러나 그녀는 나의 그런 반응에도 불구하고 긍정도 부정도 아닌 애매한 웃음을 머금었다.

 그 웃음을 본 나는 그때서야 모든 것을 알아차렸다. 짜장면 한 그릇만 사주실래요? 하는 그 말이 무슨 뜻을 지니고 있는지를. 그리고 그녀가 무엇을 원하는 여자인지를.

 나는 낭패한 기색을 얼굴에 떠올렸다. 그리고 우울한 시선으로 그녀를 쳐다보다가 나지막이 말해주었다.

 "미안해, 지금 학교에서 나오는 길이어서 가진 돈이 없어."

 그때 그녀는 동그스름한 눈을 더욱 동그랗게 만들며 신기하다는 듯이 나를 쳐다보았다. 그러니까 후줄근한 작업복을 입은 막노동꾼 같은 사내의 입에서 '학교'라는 말이 나오는 것이 믿어지지 않는다는 표정을 지으며 내게 되물었다.

 "학교요? 어떤 학교요? 어떤 학교를 다니는데요?"

 나는 픽, 웃었다. 그렇게 묻는 그녀의 얼굴이 바보스러울 만치 순진해 보였기 때문이었다. 그래서 나는 다시 농담을 하듯 말을 던져주었다.

 "너는 아직 학교도 몰라? 학교가 교도소라는 뜻을 가지고 있다는 것도 몰라?"

 놀란 듯, 그녀의 표정이 흔들렸다. 그리고 목소리에서 힘이 빠졌다.

 "그러면 오늘 교도소에서 나오는 길이란 말이에요? 그러니까 감옥에서 나오는 길이란 말이에요?"

"그래, 오늘 새벽에 출감했어. 그리고 갈 곳이 없어 이 공원에 앉아 있는 거야."

"그러면 아저씨는 집이 없어요? 찾아갈 집이 없어요?"

"없어, 내가 학교에 가기 전에도 이 공원이 내 집이었거든. 나는 이 공원에서 잠을 잤고, 이 공원에서 일을 하러 다녔어. 그래서 이 공원을 다시 찾아온 거야."

"…?"

*

그녀의 얼굴에는 당혹하고 쓸쓸한 표정이 떠올랐다.

그녀는 말이 없어졌다. 그녀는 그냥 침묵하며 마치 부유하는 듯한 시선으로 발아래의 서울 시가지의 풍경을 바라보고 있다가 문득 생각났다는 듯 얼굴을 들었다.

"그러면 지금 아저씨도 배가 고프겠네요? 제가 짜장면을 사드려요? 제가 짜장면을 사드려도 되요?"

이번에는 내 얼굴이 당혹스러움으로 물들었다. 너무도 뜻밖의 말이었기 때문이었다. 그리고 너무도 오랜만에 들어보는 따듯한 말이기도 했다. 그리고 부끄러움을 느꼈다. 왜냐하면 그때 내 호주머니 속에는 그 짜장면 한 그릇 값의 돈은 있었다. 그것은 지난 일 년 동안 내가 죄수라는 직업을 얻어 번 작업 상여금이었다. 나는 감옥에서 일 년여 동안 교도소 내의 전기 부품 공장에서 일을 했었다. 그리고 열심히 납땜질을 하면서 번 작업 상여금이 그때 내 호주머니 속에 들어 있었다. 그러나 그 돈은 오늘 하루를 위해 필요한 것이었다. 나는 그것을 기억해내면서 그녀에게 한결 부드러워진 어조로 말해주었다.

"아니, 괜찮아. 내 저녁밥은 짜장면이 아니고 라면이야. 나중에, 배고프면 라면을 끓여먹으면 돼."

그러면서 나는 곁에 놓아둔 초록색의 등산용 배낭을 눈길로 가리켰다. 그리고 다시 말했다.

"이 속에는 라면을 끓여먹을 수 있는 기구들이 다 들어 있어. 원한다면 이곳에 당장 텐트를 쳐 잠자리를 만들 수도 있어. 나중에, 라면을 끓여먹으면 돼."

그녀는 또 신기한 듯 배낭을 쳐다보았다. 그랬다. 그때 내 배낭 속에는 등산용의 작은 알코올버너와 코펠이 들어 있었다. 또 아무 곳에서나 펴고 잠들 수 있는 일인용 텐트와 갈아입을 속옷 몇 가지와 세면도구가 들어 있었다. 나는 한때, 그 배낭을 둘러메고 공사판을 찾아 전국의 곳곳을 돌아다녔었다. 그리고 죄수라는 직업을 얻어 교도소로 들어갈 때도 그 배낭을 가지고 들어갔었고, 출감할 때도 그 배낭을 둘러메고 나왔었다. 그러니까 그때 그 배낭은 내 달팽이집인 셈이었다. 나는 그 달팽이집을 등에 얹고 전국의 곳곳을 돌아다녔었다. 그리고 그때, 그 배낭 속에 든 내용물은 내가 가지고 있는 소유물의 전부였다. 그 배낭을 바라보며 그녀는 다시 눈을 반짝였다.

"그러면… 라면은 어디서 끓여 먹는데요?"

나는 엷게 웃으며 공원의 숲속을 가리켰다.

"저 숲속에는 빈터가 많잖아? 그곳에서 끓여 먹으면 돼."

그녀는 다시 쓸쓸한 표정으로 되돌아갔다. 그때 나는 무엇이 문득 생각난 듯 벤치에서 몸을 일으키며 그녀에게 말해주었다.

"미안해. 지금 가봐야 할 데가 있어. 나중에 만나면 짜장면, 아니, 라면 맛있게 끓여줄게."

나는 배낭을 둘러멨다. 그리고 그녀에게 친근한 웃음을 보내주며 말했다.

"나중에 또 봐!"

나는 서둘러 벤치를 떠났다. 나는 성큼성큼 그녀가 힘겹게 걸어 올라온 돌계단을 걸어 내려갔다. 나는 그렇게 걸어 내려가다가 뒤를 돌아보았다. 그녀는 여전히 쓸쓸한 표정으로 나를 쳐다보고 있었다. 나는 씩 웃어주려다가 말고 다시 계단을 걸어 내려왔다. 나는 내 등 뒤가 부끄러웠다. 그것은 그녀의 쓸쓸해진 표정 때문만은 아니었다. 내가 사라지고 난 뒤, 그녀는 또 어떤 벤치를 향해 다가가 다시 "짜장면 한 그릇만 사주실래요?" 할지 모르기 때문이었다. 나는 그것이 더 쓸쓸하게 느껴졌다.

벤치 위에 떨어진 낙엽이 더 쓸쓸하다

 그리고 나는 다시 긴 나무 벤치 위에 앉아 있다.
 그러니까 이 글을 쓰는 지금의 나는 그녀를 만난 후, 최초의 '비'에 대한 기억을 떠올리고 있다.
 그때의 나는 그녀가 힘겹게 걸어 오르던 돌계단의 끝, 놀이터 입구의 바로 왼편에 있는, 공중변소 뒤편의 벤치에 앉아 있다.
 그 벤치는, 공중변소 뒤편의 그늘지고 후미진 공간에 놓여 있어 평소에도 산책객들이 잘 다가오지 않는 곳이었다. 그 때문에 그 벤치는 언제나 비어 있었고, 또 공원의 잡목숲에 가려져 있어, 나 같은 떠돌이 실업자들이 남의 눈치 보지 않고 낮잠을 즐기기에 딱 알맞은 장소였다. 그래서 나는 지난날부터 그곳을 자주 찾았었고, 전날, 그러니까 그녀를 만난 그날 밤에도 그곳에서 잠을 잤었다.

그 나무 벤치에 앉아 있을 때 그녀가 다가왔다.

그날은 갑자기 소나기가 내렸다. 예고도 없는 갑작스런 비였다. 하늘이 흐려지는가 싶더니 소나기가 퍼부어 내렸다. 그 비 때문에 오전의 공원은 순식간에 텅 비워져버렸다. 그날 새벽, 일일 취업소에 들렀다가 아무 일자리도 얻지 못한 후, 아무 할 일이 없어진 발걸음으로 돌계단을 오르던 나는 그 비를 피해 공중변소 안으로 뛰어들었고, 그 공중변소 안에서 비가 그치기를 기다렸다. 소나기였지만 비는 한참 동안 내렸다.

그리고 비가 그친 후, 나는 심심해진 발걸음을 끌며 그 공중변소 뒤편의 젖은 벤치에 신문지를 깔고 앉았고, 잠시 쉴 즈음 그녀가 다가왔다. 그녀의 머리칼과 물방울무늬의 원피스는 비에 젖어 있었다.
그때 나는 그녀가 무엇을 하는지를 알고 있었다.
지난날부터 이 남산공원에는 그녀처럼 떠돌아다니는 많은 여자들이 있었다. 그 여자들은 이 공원을 자신의 몸을 파는 장소로 이용했다. 나는 이 공원에 첫발을 디딜 때부터 그런 여자들을 보아왔었다. 그녀도 그런 여자들 중의 하나였다.
이 세상에는 자신의 몸을 삶의 도구로 이용하는 많은 부류의 여자들이 있다. 그 여자들은 술집에도 있고 다방에도 있었다. 그러나 그때에는 대개의 여자들이 사창가라고 불리는 곳에서 몸을 팔았다. 이 서울에만 해도 용산역 앞이나 청량리 같은 여러 곳의 사창가가 있었다. 이 남산공원의 바로 아래에도 흔히 '양동'이라고 부르는 빈민굴 사창가가 있었다. 이 공중변소 뒤편의 나무 벤치에서도 눈앞을 가린 잡목숲 사이로 양동 빈민굴의 더러운 집들이 내려다보였다.

그러나 이 세상에는 그 빈민굴 사창가에서마저 몸을 팔 수 없는 부류의 여자들이 있다. 나이를 너무 많이 먹어버렸거나 병이 들었거나 몸이 불구인 그런 여자들 말이다. 요컨대 사창가를 찾아드는 남자들이 돈을 지불하기를 꺼려하는 그런 여자들은 이 공원을 떠돌아다니며, 또 그런 빈민굴 사창가에서마저 정상적으로 돈을 지불할 능력이 없는 그런 남자들을 찾아다니는 것이었다. 그녀도 그런 떠돌이 창녀들 중의 하나였다. 나는 그녀가 "짜장면 한 그릇만 사주실래요?" 할 때, 그것을 대략 눈치챘었다. 그러나 모르는 척해주며 모든 것을 농담으로 얼버무리며 아직 어려 보이는 그녀가 낯선 사람에게서 부끄러움과 수치감을 느끼지 않도록 해주었다.

그녀는 여전히 내가 앉은 나무 벤치로 다가오기가 무척 미안한 듯 다가왔다,

그녀는 나와 얼굴이 마주치자 또 부끄러운 듯 머리를 수그리며 표 나지 않게 웃음을 머금었다. 그녀 특유의 그 웃음은, 비대칭을 이루는 불구의 몸을 확연하게 떠올려주어 지켜보는 사람의 마음을 우울하게 만들었다. 나는 가만히 미소를 보내주며 배낭에서 남은 신문지를 꺼내 그녀가 앉을 자리에 깔아주었다. 그녀는 그것을 보며 또 미안한 듯 웃음을 머금었다. 그녀가 절룩이며 걸어올 때마다

한쪽 발에 신겨진 흰색의 운동화는 벗겨질 듯 헐렁거렸다. 소아마비 때문에 역시 작아진 발 때문이었다. 그 헐렁이는 신발을 끌며 그녀는 내가 앉은 나무 벤치로 다가왔고, 엉덩이가 젖지 않도록 벤치에 깐 신문지 위에 어제처럼 자그마한 몸을 내려놓을 때까지 한쪽 손은 굽어지려는 왼쪽 손목을 꼭 쥐고 있었다. 그러나 벤치에 완전히 몸을 내려놓자 아무 일 없었다는 듯이 모든 것이 정상으로 보여, 그것에 안도한 나는 그제야 아는 체를 해주었다.

"비 많이 맞았어? 우산이라도 쓰지 그랬어?"

그녀는 또 부끄러운 듯 머리를 수그린 채 그 특유의 미소를 머금다가 내게 되물었다.

"아저씨는… 비 많이 안 맞았어요? 그런데 비 오는 날, 여기서 뭐 하세요?"

오늘, 공쳤어! 나는 그렇게 말해주려다가 서로가 우울해질 것 같아 얼른 농담으로 바꾸었다.

"심심해서… 그냥 잡념의 집을 지으려던 참이야!"

그 말에, 그녀는 또 무엇이 신기한 듯 눈을 동그랗게 만들며 물었다.

"잡념의 집이요? 잡념의 집은 어떻게 짓는데요? 어떤 건데요?"

나는 그녀의 호기심 가득한 눈빛을 향해 어제처럼 또 픽, 하고 실소를 머금었다. 나의 가벼운 농지거리를 그녀는 너무도 진지하게 받아들였기 때문이었다. 그래서 나 또한 진지한 척하는 표정을 보내주며 대답해주었다.

"잡념의 집을 어떻게 짓느냐고? 그것은 이놈의 세상이 참 지랄맞다고 생각하는 거지. 왜냐하면 부자는 더 잘 살고 가난뱅이는 더 못 사는 세상이니까. 그리고 그 가난뱅이의 유전자를 어떻게 하면 부자의 유전자로 바꿀 수 있을까? 생각하는 거지."

나는 장난기 서린 웃음을 입술가에 떠올리며 잠시 뜸을 들이다가 다시 말해주었다.

"그리고 부자들은 참 괴로울 거야, 만날 이빨 아프게 고기만 씹어야 하니까, 하고 생각하는 거지. 그게 잡념의 집이야."

그러자 그녀는 결코 속으로 숨기지 않는, 웃음을 활짝 피워 올렸다. 그 웃음은 비로소 그녀가 티 없이 맑고 가벼운 나이라는 것을 드러내주었다. 그 웃음을 향해 나는 물었다.

"지금 몇 살이야? 몇 살쯤 되었어?"

그 물음에 그녀는 또다시 부끄러운 듯 머리를 더 깊이 수그린 채 물방울무늬 원피스 자락을 만지작거리다가 기어드는 듯한 목소리로 나지막이 말했다.

"열아홉 살이요… 그런데 곧 스무 살이 되요. 곧…"

그랬다. 그녀는 이제 겨우 열아홉 살이었다. 그러나 나는 보기보다 나이가 더 들었군, 하는 표정을 지어보이다가 가만히 한숨을 내쉬었다. 열아홉 살이라고 하기에도 턱없이 모자라 보이는 그 미발육의 모습이 안쓰러웠기 때문이었다. 그리고 열아홉 살은 아직 아름다운 나이이다. 그러니까 아직도 새들의 눈에 그려진 푸른 숲속의 길을 따라 꿈의 집을 찾아가고 있을 나이라는 뜻이다. 그러나 그녀는 그 나이를 삶의 도구로 이용하고 있었다. 그러니까 그 나이는, 그녀가 가지고 있는 유일한 삶의 자산이었다. 아직 소녀티가

가시지 않은 그 얼굴은 자신을 지켜주는 하나뿐인 장식이었다. 그러나 티 없이 맑고 가벼워야 할 그 얼굴은, 자신의 불구 때문에 누구에게나 미리 미안해하는 것 같았고 또 부끄러워하고 있었다. 그래서 그녀는 웃을 때도 결코 겉으로 드러나지 않는 웃음을 살며시 떠올리는 것 같아, 그 특유의 미소를 만들어내는 그녀의 얼굴을 쳐다보며 나는 다시 가만히 한숨을 내쉬었다. 그때 그녀는 무척 조심스러워하는 어조로 물어왔다.

"아저씨는… 지금 뭐하세요? 아니… 뭐하실 거예요?"

나는 뭐라고 대답해주어야 할지 몰라 잠시 난처한 표정을 지어보였다. 그때의 내겐 딱히 정해진 직업이 없었기 때문이었다. 그날 새벽에 나는 일일 취업소를 찾아갔었다. 그 일일 취업소는 공원 바로 아래에 있는 남대문시장 건너편, 그러니까 흔히 떡전골목이라 부르는, 퇴계로 쪽으로 난 시장 입구의 길 건너편에 있었다. 그곳은 하루의 노동일을 필요로 하는 사람들에게 무료로 노동일을 매개해주기 위해 서울시에서 운영하는 곳이었다. 나는 그날 새벽 일찍 공중변소 뒤편의 나무 벤치에서 잠을 깨어 그곳을 찾아갔었다. 그러나 나는 그 첫날, 일을 얻지 못했다. 그리고 아무 할 일이 없어진 나는 하루의 시간을 보내기 위해 다시 공원을 오르다가 소나기를 만났고, 간밤의 잠자리였던 그 벤치에서 그녀를 다시 만난 것이었다. 나는 그것을 일일이 설명하는 것이 귀찮아 생각나는 대로 아무렇게나 대답해주었다.

"품팔이꾼, 오늘부터 품팔이꾼 노릇을 하려고 생각하고 있어."

그러자 그녀는 또 눈을 동그랗게 만들며 품팔이꾼이요? 품팔이꾼은 뭐하는 사람인데요? 하는 눈빛을 만들었다. 나는 또 잠깐 기가 막힌다는 표정을 지었다. 그러다가 넌 아직 품팔이꾼이 뭐하는 사람인지도 몰라? 하고 핀잔을 주려다가 그녀가 무안해 할까봐 다소 과장된 익살스러움을 섞어 목소리를 낮추었다.

"그것은… 그러니까 일이 있는 곳을 찾아다니며, 그때그때 필요에 따라 일을 해주고는 품삯을 받는 사람을 품팔이꾼이라고 해."

"그러면 아저씨는 그런 일을 하신다는 말이에요?"

"그래, 왜? 그렇게 보이지 않아? 내가 품팔이꾼처럼 보이지 않아?"

"아니, 그런 뜻이 아니고요… 그러면… 전에는 뭐하셨는데요?"

그때, 내 얼굴은 또 난처함으로 물들었을 것이다. 나는 그때, 자신이 지게꾼이었다는 것을 누구에게도 말하고 싶지 않았기 때문이었다. 사실 지게꾼이라는 직업은 그때까지도 내게는 부끄러운 것이었다. 도시 곳곳에 우아한 빌딩들이 솟고, 화려한 네온사인과 전광판이 번쩍이는 거리마다 물신(物神)들로 넘쳐나기 시작한 이 서울이라는 도시에서 그 직업은 부끄러운 것이었다. 나는 지게를 등에 둘러메고 이 서울의 거리를 돌아다닐 때마다 나 자신이 혹성에서 온 외계인 같다는 느낌을 갖곤 했다. 그것은 자신의 등에 얹혀 있는 지게의 기형적인 모습 때문만이 아니라, 그 지게가 가지고 있는 본연적인 초라함 때문이었다. 그것은 내 등에 돋은 혹 같기도 했고 불치의 병소(病巢) 같기도 했다. 그것은 내가 이 세상을 겉돌고 있다는 느낌을 가질 때마다 더 그로테스크한 모습으로 다가오곤 했다. 어떤 때는 '자코메티'의 그 세기말적 상상력이 빚어낸 기괴한 조각 같다는 느낌을 갖게 했다. 그러나 나는 그 초라한 기형적인 모습으로 하루를 건디기 위해 매일 청계천을 헤매 다녀야 했다. 그것이 내게는 부끄러움이었고 수치였다. 또 지워지지 않는 상처이기도 했다. 나는 그런 나 자신의 치부를 설명하고 싶지 않아 또 아무렇게나 얼버무려주었다.

"학교에 있었다고 말했잖아! 그 학교가 내 직업이었어."

그러자 그녀는 더욱 의아한 듯한 눈빛으로 내게 물었다.

"그러면 교도소에 있는 것이 직업이었단 말이에요? 그러니까 감옥에 있는 것이 직업이었다는 뜻이에요?"

"그래, 그 감옥의 죄수가 내 직업이었어. 이 세상은 감옥의 죄수 노릇도 직업일 수 있게 해주는 곳이니까."

"…?"

그녀는 더욱 놀란 듯한 눈빛으로 내 얼굴을 물끄러미 쳐다보며 침묵했다. 그랬다. 한때 내게는 감옥의 죄수도 직업이었다. 지게꾼이 되기 전에 감옥의 죄수 노릇도 하며 이 하루를 살아 있기 위해 세상을 떠돌아 다녔었다. 그러다가 지게꾼이라는 직업을 얻었다. 그것 또한 살아 있기 위한 하나의 몸부림이었다. 그러나 타인의 눈에 비친 기형적인, 외계인 같은, 앞으로 진화하지 못하고 거꾸로 진화하고 있는 듯한, 그러니까 물구나무서서 진화하고 있는 듯한 내 모습을 발견할 때마다 나는 절망했었다. 그리고 지게꾼이 된 지 십여 년이 지난 어느 날, 문득 몸도 마음도 피폐해질 대로 피폐해진 나 자신의 모습을 발견하고는 마치 발작처럼 지게를 때려 부수고는 이 서울을 떠났었다. 청계천에서였다.

청계천을 떠날 때, 그때 내게는 숨겨놓은 꿈이 하나 있었다. 그것은 이 세상을 물처럼 흐르며 사는 것이었다. 배고프면 라면 끓여먹고 자고 싶으면 아무 곳에서나 잠자리를 펴며, 과거도, 불확실한 미래 따위도 까맣게 잊고 발 닿는 곳이 공중정원이나 몽유도원인 것처럼 거닐며, 이왕 버린 몸, 그렇게 막힌 곳 없이 물처럼 흐르며 살고 싶었다.

그것은 절망의 균사(菌絲)가 독버섯처럼 피워 올린 것이었다. 그러나 그 빛깔은 황홀했다. 그 물의 꿈을 꿀 때마다 나는 등산용 코펠과 알코올버너, 일인용 텐트 따위를 청계천의 고물상을 순례하며 구해놓았었고, 그 배낭을 달팽이집처럼 둘러메고 청계천을 떠났던 것이었다. 그리고 때로는 그 라면값을 구하기 위해 이 공사판 저 일자리를 찾아다니기도 하며 떠돌아 다녔었다. 그래, 그 달팽이집을 연체의 흐느적거림 위에 지붕처럼 얹고—.

그러나 세상은 여전히 가진 것이 몸뚱이 하나밖에 없는 인간이 물처럼 흐를 수 있는 곳이 아니라는 것을 불과 두어 달도 되지 않는 그 떠돎에서 다시 한 번 뼈저리게 깨달아야 했다. 그리고 그것을 깨달았을 때는 몸과 마음은 더욱 더 피폐해져 있었다. 차라리 다시 청계천으로 돌아가 지게꾼이 되고 싶은 지경이었다. 그때, 지난날 한때 세끼 밥이 있고 잠자리가 있는 감옥이 떠올랐고, 그것은 죄수라는 직업만 얻으면 가능한 것이었다. 나는 그것을 얻기 위해 주저 없이 교도소를 향해 걸어갔다.

그때의 상황은 한편의 희극이나 부조리극 또는 블랙코미디 같은 것이었다. 한 사내가 엉망으로 취해 자정이 지난 밤길을 비틀거리며 걷고 있다. 그의 호주머니 속에는 사과 따위를 깎으면 딱 알맞을 조그만 과도 하나와 흰색의 마스크, 그리고 작업장에서 쓰는 면장갑 한 켤레가 들어 있다. 그것들은 사내가 가지고 있는 마지막 돈으로 구입한 것이었다. 또 마지막으로 호주머니를 털어 독한 소주도 목구멍으로 부어넣었다. 취기로 자신을 마비시키기 위해서였다. 사내는 통행이 금지된 자정이 지난 시각, 계엄령이 내려진 1980년 5월의 밤길을 비틀거리며 걸었다. 그는 그 취한 발걸음으로 파출소 앞으로 걸어갔다. 일부러 불심검문에 걸리기 위해서였다. 그리고 그의 바람대로 어둠 속에서 경찰관의 손전등 불빛이 비쳐왔다.

훗날, 사내는 시인이 되었을 때, 이때의 상황을 "어둠 속에서 손전등 불빛이 작살처럼 꽂혀왔다. 황홀히 파닥이는 물고기"라고 표현하기도 했다. 어쨌든 그때, 사내는 딱 두 바퀴 정도만 돌 생각이었다. 지구가 태양의 궤도를 365일 동안 도는 공전의 두 바퀴! 사내는 한 바퀴는 좀 적다고 생각했다. 두 바퀴 정도라야 그동안 피폐해질 대로 피폐해진 몸도 제대로 추스르고 또 그동안 읽지 못한 책도 마음 놓고 읽을 수 있을 거라고 생각했다. 그래서 사내는 조그만 과도와 얼굴을 가릴 수 있는 마스크와 손가락의 지문을 가릴 수 있는 면장갑을 구입한 것이었다. 어쩌면 그때의 사내의 내면에는 '존 버니언'의 『천로역정』의 이미지가 떠올랐는지도 모른다. 또 어쩌면 오디세이아적인 방황이 가슴에 젖어왔는지도 모른다.

어쨌든 그때 사내는 마치 고골리의 소설 「외투」 속의 주인공인 아카키 아카키예비치의 유령처럼 파출소 앞으로 걸어갔을 것이다. 그래, 외투를 잃어버리고 그 외투를 찾아다니다가 끝내 유령이 되어버린 불쌍한 그 아카키 아카키예비치처럼—. 그리고 파출소에서 그

도구들이 발견되면 강도 미수죄, 아니, 아직 실행에 옮기지 않았으므로 강도 예비죄가 될 것이었다. 그러면 두 바퀴 정도는 충분히 돌 것이라고 사내는 생각했었다. 그래서 사내는 일부러 취기를 빌려 그렇게 자신을 연출하며 주저 없이 파출소 앞으로 걸어갔었던 것이다. 그리고 훗날, 사내는 그 감옥을 "또 하나의 자궁"이라고도 표현했다.

그랬다. 그때의 내게는 선택의 여지가 없었다. 감옥은 꿈을 꾸는 자에게 형벌이 된다. 꿈을 거세해버린 자에게 있어 감옥은 잠시 쉬어가는 여관이나 여인숙과 다르지 않다. 그리고 그때, 내가 가슴속에 품고 있었던 '물의 행(行)'은 꿈이 아닌 꿈, 즉 비몽사몽이었다.

나는 차마 그 이야기를 그녀에게 해줄 수가 없었다. 그것을 구체적으로 설명하는 것 자체가 부끄러움이었고 수치였다. 그러나 그것을 '학교'라는 은어로 설명하는 것은 가능했다. 은어는 익명의 언어이기 때문이다. 얼굴이 숨겨진 그 언어 속에서는 자신의 부끄러움과 치부를 가릴 수가 있다. 그러나 그녀는 아직 그 은어를 이해하지 못했다. 나는 그것이 곤혹스러워 일부러 그녀의 침묵을 향해 엉뚱한 물음을 던지는 것으로써 대화를 피해버렸다.

"오늘은 왜 짜장면을 사달라고 안 해? 아직 배가 안고파?"

그리고 원한다면 이 자리에서 라면을 끓여줄 수도 있어, 하는 낯빛으로 곁에 놓아둔 배낭으로 눈길을 가져갔다. 그러자 그녀의 입에서는 너무도 엉뚱한 대답이 흘러나와 나를 혼란스럽게 했다.

"이제 아저씨는… 한 식구잖아요. 한 식구에게 어떻게 짜장면을 사달라고 해요?"

공중변소가 있는 풍경

　지난날, 이 공원의 창녀들은 낮부터 (산책객을 가장해서) 이곳저곳을 돌아다녔었다. 물론 남자를 물색하기 위해서였다. 그 여자들은 자신의 외모의 초라함에도 불구하고 그러한 모습으로 위장을 하고는 벤치에 앉아 있거나 숲길을 서성거렸다. 그러나 창녀들의 주 고객은 할 일 없는 실업자들이거나 공원을 떠돌아다니는 막일꾼이나 부랑자들 같은 존재들이어서, 창녀들은 그들이 주로 시간을 죽이고 있는 광장의 등나무 그늘이나 어린이 놀이터의 벤치에서 흔히 눈에 띄곤 했다.
　그 여자들은 자신이 창녀가 아닌 것처럼 돌아다녔었다. 그녀들은 양동 빈민굴 사창가 골목에서처럼 잠깐 쉬었다 가실래요? 하며 지나가는 남자들의 옷자락을 끌지도 않았고, 담뱃불 좀 빌려주실래요? 하며 남자를 유혹하는 눈웃음을 짓지도 못했다. 그녀들은 그냥 산책이라도 하는 듯이 숲길을 걷고 있거나 벤치에 앉아 있곤 했다. 그리고 그렇게 자신을 무방비 상태로 던져놓는 것이 남자를 유혹하는 몸짓이었다. 그러면 아무 할 일 없이 심심한 남자들이 접근해오곤 했다. 그 접근에, 여자는 긍정도 부정도 아닌 애매한 웃음을 떠올려주면 되었다. 그 애매한 웃음이 잠깐 쉬었다 가실래요? 하는 눈웃음이었고, 남자들의 옷소매를 끄는 손길이었다. 그러면 남자는 그 여자의 초라한 외모 속에 감추어져 있는 값싼 몸을 발견하고는 눈을 빛내곤 하는 것이었다. 그렇게 접근해온 어떤 남자의 입에서는 술냄새가 풍겼고, 어떤 남자의 몸에서는 세상을 막 살아가는 자의 절망의 냄새가 풍겼다. 그러나 창녀들은 그런 것쯤에는 개의치 않았다. 자신의 몸에서도 그런 냄새가 묻어 있을 것이므로.

어쨌든 창녀들은 그렇게 남자를 만나면 공원을 오르는 언덕길가에 산재해 있는 허름한 여관이나 여인숙으로 가서 몸을 팔고는 했다. 그러나 창녀들은 그 여관이나 여인숙의 방으로 남자를 데리고 들어갈 때마다 자신이 남자로부터 받는 몸값에서 그때그때의 시간제 방세를 지불해야 했기 때문에, 만약 그 남자가 그것을 지불할 능력이 없을 때는 어쩔 수 없이 다른 방법을 찾곤 했다. 그것은 공원의 으슥한 숲속이나 남의 눈에 띄지 않는 풀숲에서 몸을 파는 것이었다. 공원의 숲은 깊었고, 풀숲은 우거져 있었다. 창녀들은 남산공원의 그런 지형적 특성을 이용해서 자신만이 아는 숲속의 빈터나 은밀한 풀숲을 만들어놓곤 했다.

그리고 공원의 창녀들은 그날의 양식이 필요했고, 또 그날의 숙박비가 필요했다. 양동 빈민굴 사창가의 창녀들과는 달리 그 여자들은 그것을 스스로 해결해야 했다. 그래서 그녀들은 그날 밤의 숙박비를 지불해줄 남자를 물색하지 못하면 그 숙박비를 해결하기 위해 헐값으로 몸을 팔았고, 그야말로 한 끼의 밥값만 되면 숲속의 빈터에서도 몸을 열었다.

그리고 그때, 어떤 창녀들은 그 한 끼의 밥값이나 하룻밤의 숙박비를 위해 공중변소 속에서도 거래를 이룬다는 소문이 떠돌곤 했었다. 이 소문의 사실을 확인한 바는 없지만 그 창녀들이 지나가면 주변에서는 낄낄거림이 들려오곤 했다. 저 깔치 따라 공중변소로 한 번 들어가 봐, 죽여준다구!

주변에서는 그런 여자들을 '공중변소'라고 부르곤 했다.

*

나는 그것을 알고 있었다. 그것은 지난날부터 이 공원의 풍경의 일부였다. 마치 꽃시계탑이 있는 분수대에서 물이 솟구치고 있듯이, 넓은 시멘트 광장에 동상이 늘 그 자리에 서 있듯이, 그녀들은 이 공원의 풍경의 하나가 되어 있었다. 그러나 그 풍경은 나에게 너무도 익숙한 것이어서 아무런 관심도 끌지 못했다. 관심을 가지기는커녕 어떤 때는 나 또한 그 낄낄거림에 동참하곤 했었다.

나는 그 풍경을 지게꾼일 때도 보아왔다. 내가 청계천의 지게꾼일 때, 양동의 무허가 일세방에 세를 들어 잠을 자곤 했었다. 그러나 매일 지불해야 하는 그 방세를 아끼기 위해 밤의 한기가 느껴지지 않는 늦은 봄부터 신문지 이불을 펴고도 몸을 오그리지 않을 때까지 벤치에서 노숙을 하곤 했었다. 그 노숙을 위해 공원의 벤치에 앉아 있다 보면 남자를 물색하기 위해 돌아다니고 있는 그녀들이 흔히 눈에 띄곤 했다.

그녀도 마찬가지였다. 내가 공원에 다시 발을 디딘 지 며칠도 되지 않아 그 모든 것을 알 수 있었다. 그녀는 오전 열 한 시쯤이면 어린이 놀이터의 완만한 돌계단을 걸어 올라왔다. 그리고 아직은 한가한 공원의 여기저기를 기웃거리며 놀이터가의 산책로에 있는 벤치에 앉아 있거나 동상이 있는 광장의 등나무 그늘에서 사람들이 모여들 때를 기다리곤 했다. 그러다가 남자를 만나면 그녀 또한 그 남산 언덕길에 있는 여관이나 여인숙으로 가곤 했다.

그때, 그녀에게는 단골로 정해놓은 무허가 여인숙의 방이 하나 있었다. 그 방은 어린이 놀이터를 오르는 계단의 바로 맞은편 길가에 있는 붉은 벽돌로 지은 이층집의 지하방이었다. 계단 옆의 벤치에 앉아 있다 보면 힘겹게 계단을 내려가 신호등이 있는 횡단보도를 건너 그 지하방으로 남자를 데리고 가는 그녀의 뒷모습이 간간이 눈에 띄곤 했다.

그 지하방은 다른 여관이나 여인숙의 방보다 방세가 쌌다. 햇볕 한 점 들지 않는 지하에 있었기 때문이었다. 그 때문에 그녀는 그 방을 단골로 정해놓고 있었다. 그러나 그 지하방도 다른 곳과 마찬가지로 시간제 방세를 지불해야 했고, (남자를 데려오지 못했을 경우) 또 그날 밤의 숙박비를 따로 지불해야 했다. 그녀는 하루치 방세만 밀려도 쫓겨날 처지가 되곤 했다. 왜냐하면 그녀 또한 언제 사라질지 모르는 공원의 떠돌이 창녀였으므로.

그러나 그녀도 숲속의 빈터나 은밀한 풀숲을 만들어놓고 있는지는 아직 알지 못했다. 그곳으로 남자를 데려가는 것은 아직 보지 못했기 때문이었다. 그렇다고 해도 그것은 충분히 짐작할 수 있는 것이었다. 그녀가 만나는 남자들 역시 하릴없이 공원을 빈둥거리거나 나무 그늘의 벤치에서 시간을 죽이고 있는 그런 처지의 남자들이었으므로.

그랬다. 그녀에게도 매일 밤의 숙박비가 필요했고, 그날의 양식이 필요했다.

그리고 그녀는 자신의 마음과는 무관하게 몸과 심한 불화를 일으키는 그 불구가, 창녀라는 직업에 얼마나 치명적인 것인가를 알고 있었다. 또 우스꽝스럽게 보이기까지 하는 그 몸이 얼마나 값싼 것인지도 알고 있었다. 그래서 그녀는 공원의 이곳저곳을 떠돌아다니다가 만나는 남자들에게 미안하다는 듯 다가갔고, 그리고 이 말을 함으로써 자신의 몸이 얼마나 값싼 것인가를 나타내곤 했다.

"짜장면 한 그릇만 사주실래요?"

나는 그 말이, 지금 배가 고파요, 오늘밤 숙박비도 필요해요, 하는 말과 동의어라는 것도 알고 있었다. 그리고 그녀만이 가질 수 있는 은밀한 속삭임이었고, 잠깐 쉬었다 가실래요? 혹은 담뱃불 좀 빌려주실래요? 하는 유혹의 눈웃음이라는 것까지 알고 있었다. 그리고 그 은밀한 속삭임과 눈웃음은 공원 바로 아래에 있는 양동 빈민굴 사창가에도 마음 놓고 찾아갈 수 없는 남자를 안심시키는 말이라는 것을. 그리고 그 남자들이 쉽게 접근해 올 수 있도록 하는 수단이라는 것을.

나중에 안 사실이지만 그녀는 실제로 짜장면을 좋아했다. 훗날 그녀는 내게 이렇게 말했었다.

"내 어릴 적의 꿈은 짜장면을 먹는 것이었어요. 그러나 그것은 손에 잡히지 않는 꿈같은 것이었죠. 마치 내가 보석을 갖기를 꿈꾸는 것처럼 말이에요."

그녀는 다시 힘없는 미소를 드러내며 말했었다.

"그래서인지 나는 유난히도 짜장면을 먹는 꿈을 많이 꾸었어요. 그때마다 내 몸은 더욱 아팠어요. 나는 갓난아이 때부터 소아마비를 앓았거든요."

그러니까 짜장면은 그때, 그녀가 이룰 수 있는 하나의 세계였고, 그 불구의 몸이 움켜쥘 수 있는 유일한 세계였다. 그 세계를 이루기 위해 그녀가 그 말을 속삭이면 어떤 남자는 실제로 그 짜장면 한 그릇의 값으로 그녀의 몸을 샀고, 어떤 남자는 우습게도 그 짜장면 한 그릇을 사주기도 했다. 그러면 그 대가로 그녀는 남자가 원하는 곳에서 기꺼이 몸을 열었다.

그리고 그녀가 그 말을 하기 위해 그 특유의 걸음걸이로 이 벤치 저 벤치를 기웃거릴 때면, 저 찐따*도 공중변소라며? 하는 비웃음이 들려오곤 했다. 그러나 나는 이번에는 그 낄낄거림에 동참하지 않았다. 그 비웃음에서 저만큼 떨어져서 그냥 쓸쓸한 눈빛으로 지켜보기만 했었다.

---

*절름발이라는 의미의 속어.

짜장면 한 그릇만 사주실래요?

사실 내가 그녀에게 눈길을 주게 된 것은 그녀만이 표현할 수 있는 독특한 이 말 때문만은 아니었다. 두 번째 만났을 때 들었던 그 말이 내게 더 깊은 인상을 남겼다.

이제… 아저씨는 한 식구잖아요. 한 식구에게 어떻게 짜장면을 사달라고 해요?

그 말은 너무나 끈끈한 것이었다. 그 끈끈함은 몸뚱이 하나만으로 살아가는 사람들끼리만 느낄 수 있는, 보이지 않는 끈 같은 것이었다. 나는 그 말이 듣기 좋았다. 오랜만에 들어보는 정겨운 말이기도 했다. 몸뚱이 하나만으로 살아가는 사람들은 안다. 그 몸이 무엇을 원하는 가를. 그 몸이 무엇을 요구하는가를.

그러나 내가 그녀와 가까워진 것은 비단 그 말 때문만은 아니었다. 그것은 뭐랄까? 그래, 굳이 말하자면 앞에서 말한 그 비 때문이었다. 그래, 그 비.

강철집, 낯선 세계

　그날은 이른 아침부터 비가 내렸다.
　나는 공중변소 뒤편의 그 후미진 벤치에서 비를 만났다. 비는 손가락으로 녹슨 쇠붙이를 두드리는 듯한 둔탁함으로 벤치에 누운 내 몸 위에 떨어져 내렸다.
　이렇게 이른 아침부터 비가 내리는 날의 공원은 그야말로 공원(公園), 아니 공터가 된다. 비안개에 젖은 숲은 적막에 잠기고 나무들은 텅 빈 광장에 걸인처럼 서 있다. 빈 벤치들은 섬처럼 떠 흐른다.
　그런 날의 공원에는 조깅이나 배드민턴 또는 자전거를 타거나 맨손체조를 하며 아침 공기를 깨우는 사람들도 없다. 사과 궤짝의 노점 좌판도 나타나지 않는다. 흔히 눈에 띄는 노숙자나 부랑자들도 보이지 않는다. 모든 것을 무화(無化)시키는 빗속의 공원은, 그렇게 적막만이 공터의 주인처럼 서 있게 한다.

그날, 나는 그렇게 비가 오는데도 일일 취업소를 찾아갔었다. 그러나 예상대로 일자리는 없었다. 이곳은 아침 여섯 시면 업무를 시작해 오전 열 시면 문을 닫았다. 그리고 오후 세 시가 되면 다시 문을 열었고, 다시 오후 다섯 시가 되면 그날의 업무를 마감했다.

그러니까 아침 여섯 시에 문을 여는 것은 각종 공사 현장에서 필요한 노동 인력에 대한 전화 청탁을 받아 모여든 인부들에게 매개해주기 위해서였고, 그 매개는 보통 오전 아홉 시쯤에는 끝이 났다. 그때쯤이면 각종 공사 현장에서 이미 작업을 시작했을 시간이었기 때문이었다. 그리고 오후 세 시에 다시 문을 여는 것은 다음 날의 일자리를 찾는 사람들의 일일취업카드를 미리 접수받기 위해서였다. 다음 날 이른 새벽 시간, 접수창구 앞의 혼잡을 피하기 위해서였다. 그 접수는 오후 다섯 시면 끝이 났다.

내가 처음 그녀를 만났을 때, 서둘러 벤치를 떠난 것도 이 일일 취업소에 미리 취업카드를 접수시키기 위해서였다.

그날도 나는 내일을 위해 원하는 직종란에 '일당 잡부'라고 기입한 일일취업카드를 접수처의 창구에 미리 접수시키고는, 가까이 있는 서울역 대합실에서 온종일을 보냈다. 나는 먼 곳으로 가는 여행객인 것처럼 대합실 의자에 앉아 시간을 죽이며 비가 그치기를 기다렸다.

비는, 역 광장에 어둠이 내리고 차도에서 질주하는 차들의 전조등에 비친 아스팔트의 빗물이 유막처럼 번들거리는 밤이 되어서야 그쳤다. 나는 비가 그친 것을 확인하고서도 한동안 더 대합실에 머물렀다. 공원에서 노숙의 잠자리를 펴기에는 아직 이르다고 생각했기 때문이었다. 나는 그렇게 더 대합실을 서성거린 뒤, 밤 아홉 시가 지나서야 역 광장으로 나왔었다. 그리고 광장 앞의 지하도를 지나 역 건너편의 도동 고갯길을 걸어 공중변소 뒤편의 그 후미진 벤치가 있는 어린의 놀이터의 돌계단을 걸어 올라갔다.
 그리고 그 계단에서 그녀를 다시 만난 것이었다.

*

 그녀는 돌계단 중간쯤의 한쪽 구석에 웅크리고 앉아 있었다.
 그곳은 잡목들의 그늘에 가려 가로등의 불빛도 잘 비쳐들지 않는 어두운 곳이어서 그녀를 알아보지 못하고 그냥 지나칠 뻔했다. 그러나 그녀는 마치 기다렸다는 듯이 반갑게 몸을 일으켰기 때문에 언제나 비에 젖은 듯 보이는 물방울무늬 원피스와 비에 젖은 머리카락을 흘리고 있는 동그마한 얼굴을 알아볼 수 있었다.
 지금 여기서 뭐해? 나는 아는 체해주는 대신 아마 그런 표정을 지어 보였을 것이다. 그 밤늦은 시각이면 공원은 이미 파장할 시간이었고, 다른 창녀들 또한 남산을 오르는 언덕길을 서성이거나 그 언덕길가에 있는 술집에서 임시 작부 노릇을 하며 남자들을 물색하고 있을 것이기 때문이었다.
 "그런데 지금 여기서 뭐해?"
 그러나 나는 그런 뜨악한 표정을 떠올려 보인 것을 곧 후회하고 말았다. 그녀는 창녀이다. 이 계단 위에는 후미진 벤치가 있는 공중변소가 있다. 그녀는 어쩌면 그곳에서 거래를 할 남자를 기다리고 있었는지도 모른다. 그리고 그녀가 그렇게 계단의 어두운 부분에 앉아 있었던 것도 어쩌면 남자를 유혹하는 하나의 방법일 수도 있다고 느꼈을 때, 나는 그 마주친 자리를 그냥 피해가려고 했다. 그때, 그녀는 거의 울먹이는 듯한 목소리로 말했다.

"오늘밤… 잠잘 곳이 없어요. 정말이에요… 잠잘 곳이 없어요…."

순간, 나는 막막해지는 것을 느꼈다. 그 말 또한 짜장면 한 그릇만 사주실래요? 하는 말과 같은 뜻이라는 것을 나는 알고 있었기 때문이었다.

그녀는 초췌해 보였다. 그 비에 젖은 모습은 곧 허물어질 듯 수척해 보였다. 나는 알 것 같았다. 그날은 온종일 비가 내렸고, 그녀 또한 하루 종일 공쳤을 것이다. 어쩌면 정말 짜장면 한 그릇도 못 먹었을지도 모른다. 그러나 내게는 그녀에게 오늘밤의 숙박비를 대납해줄 돈이 없었다. 그동안 나는 단 하루밖에 일을 하지 못했다. 공원에 다시 발을 디딘 지 이틀 만에 얻은, 을지로에 있는 빌딩의 지하주차장 내벽을 헐어내는 일이었다. 나는 그 일당으로 며칠 동안 아껴 지내왔다. 그러니 어떻게 한다….

그때 그녀는 다시 울먹였다.

"정말이에요… 오늘밤, 잘 곳이 없어요… 혹시 아저씨와 같이 있으면 안돼요? 그냥… 아저씨 곁에 있으면… 안 돼요?"

나는 그녀의 말을 얼른 이해하지 못했다. 그러나 그냥… 아저씨 곁에 있으면… 안 돼요? 하는 말에서 어렴풋이 그 뜻을 이해할 수 있을 것 같았다. 그러니까 그녀는 내가 공중변소 뒤편의 후미진 벤치에서 잠을 자는 것을 알고 있었고, 그곳에서 함께 밤을 지낼 수 있게 해주지 않겠느냐고 말하고 있는 것이었다. 나는 당황스러워졌다. 뭐라고 대답해주어야 할지 몰라 망설였다. 그러나 뭐라고 말해주어야 했다. 나는 잠시 그녀의 얼굴을 물끄러미 쳐다보다가 퉁명스레 대답해주었다.

"너, 혹시 공원 벤치에서 잠을 자본 적이 없어? 혼자서 잠을 자본 적은 없어?"

그 말에 그녀는 기어들어가는 듯한 목소리로 대답했다.

"없어요… 어릴 때 역 대합실에서 자본 적은 있어도… 이 공원에서는 한 번도… 자본 적은 없어요. 무서웠거든요…."

나는 또다시 막막해졌다. 나도 모르게 절로 한숨이 새어나왔지만, 그녀에게 무언가를 어떻게든 해주어야 했다. 그러나 공중변소 뒤편의 나무 벤치는 혼자밖에 누울 수가 없다. 또 공원의 모든 벤치는 비에 젖어 있을 것이었다. 비에 젖은 나무 벤치는 그 습기로 사람을 누추하게 만든다. 또 아무리 여름이라지만 비가 내린 날의 밤공기는 서늘하다. 그 서늘함은 얇은 천의 원피스만 입은 그녀의 몸에는 고통일 것이었다. 그러니 어떻게 한다….

그때, 나는 문득 '강철집'을 떠올렸다.

그것은 전차였다. 그 전차는 어린이 놀이터의 왼쪽 빈터의 모퉁이에 놓여 있었는데. 이 서울에서 전차가 철거될 때 기념물로 그곳에 전시해놓은 것이었다. 전차는 강철로 된 동체 안에 녹색의 부드러운 융단 의자를 가지고 있어, 지난날부터 이 공원의 노숙자나 부랑자들의 좋은 잠자리가 되어주곤 했었다. 나 또한 이 공원에 처음 발을 디뎠을 때부터 밤에 갑자기 비가 오거나 날씨가 쌀쌀해지거나 하면 노천에 전시된 전차의 창문을 기어들어 잠자리를 만들곤 했었다. 우리 노숙자들은 그 전차를 강철집이라고 불렀다. 그러나 그 즈음의 이 서울에서는 지하철이 생기면서 노숙자나 부랑자들이 모두 그곳으로 잠자리를 옮겨버려 이 강철집을 이용하는 숙박객은 거의 없었다. 나 또한 그 강철집을 잊고 있었다. 그러나 녹색 융단 의자의 부드러움은 아주 매혹적이었다.

그런 강철집을 문득 기억해낸 나는 다시 그녀에게 나직이 물었다.
"넌 내가 자는 곳이면 어디든 잘 수 있겠어? 그렇게 할 수 있겠어?"

그녀는 울 듯한 얼굴로 둥근 눈망울을 깜박이며 머리를 끄덕였다. 그 모습이 순진하다 못해 바보 같아 보여 나는 또 한숨이 났지만.

"따라와!"

그녀를 지나쳐 먼저 계단을 걸어 올라갔다.

"너, 저 위의 전차 안에서도 잘 수 있겠어?"

*

전차는 밤의 공원의 어둠 속에 웅크리듯 놓여 있었다.

비가 내린 날 밤의 어린이 놀이터 또한 인적기 하나 없이 고요했다. 비에 젖은 수목들은 공원의 희미한 가로등의 불빛을 안개처럼 머금고 있었다. 그 숲이 만들어내는 음영 또한 짙고 적막했다.

강철집, 낯선 세계 55

나는 토막 난 레일 위에 바퀴가 고정된 채 얹혀 있는, 그 전차를 향해 걸어갔다. 그녀는 불안한 몸짓으로 절룩이며 뒤따라왔다.

모래흙이 깔린 놀이터 옆의 빈터를 걸어 내가 전차 앞에 섰을 때, 두 발걸음쯤 뒤쳐져서 따라오던 그녀는 이곳에서도 사람이 잘 수 있어요? 여기서 자본 적이 있어요? 하는 의문 가득한 눈빛을 떠올렸다. 나는 그런 그녀를 안심시키듯이 뒤돌아보며 일부러 더 퉁명스런 표정을 지어주었다.

"걱정하지 마. 이곳도 다 사람이 자는 곳이니까!"

푸른색 테두리에 베이지색 지붕이 있는 전차는 군데군데 칠이 벗겨지고 녹이 슬어 퇴락해 보였다. 창문의 유리들도 먼지가 끼어 뿌옇게 보였다. 그 전차의 창문들 중 녹슨 잠금 장치가 빠져 있는 창문을 나는 기억하고 있었다. 나는 전차의 중간쯤에 있는 그 창문을 소리 나지 않게, 익숙하게 열었다. 열린 그 창문 안으로 나는 등에 짊어지고 있던 배낭을 벗어 먼저 던져 넣고는 그녀를 부축해주었다. 소아마비를 앓은 미발육의 몸은 가벼웠다.

이곳에서 자도 괜찮아요? 정말 괜찮아요? 그녀는 여전히 반신반의의 몸짓으로 내가 부축해주는 대로 창문을 넘어 들어갔다. 겨드랑이를 두 손에 끼고 들어올려 상반신을 전차의 창틀에 기대게 하고 엉덩이를 손으로 밀어올렸을 때는 부끄러워 몸을 뒤척이기까지 했다. 나는 그렇게 그녀를 전차의 창문 안으로 들여보내고는 나 또한 너무도 익숙하게 창문을 넘어 들어갔다.

전차 내부의 직사각형의 공간은 어두컴컴하고 묵은 먼지 냄새가

났다.

지난날의 무단 숙박객들의 찌든 냄새도 배어 있는 것 같았다. 그것은 나 자신의 몸속에서도 그토록 오랜 세월 동안 지워지지 않고 있는 냄새와 닮아 있었다. 그리고 내 눈이 전차 내부에 고인 어둠 속에 익숙지 않아도 양쪽 창문 아래 길게 놓인 빛바랜 융단 의자를 확인할 수 있었다.

먼저 창문을 넘어 들어온 그녀는 전차 내부에 고인 어둠이 너무도 생소한 듯 여전히 불안한 낯빛을 지우지 못하고 한편에 오도카니 서 있었다. 그렇게 서 있으면 창문의 유리창을 통해 상반신이 외부로 노출된다. 나는 바닥에 웅크리고 앉아 의자 위에 얹혀 있는 배낭을 끌어당겨, 그 배낭 속에서 얇은 스펀지에 은박 천을 입힌 깔개를 꺼내 전차의 바닥에 펴며 말했다.

"그렇게 서 있으면 들키기 쉬워. 여기 와서 앉아."

그리고 그녀를 다시 안심시키듯 말을 이었다.

"걱정하지 마. 아무도 찾아오는 사람은 없을 테니까."

그리고 다시 그녀에게 친근하게 속삭여주었다.

"저녁 먹지 않았지? 잠깐 기다려. 라면 맛있게 끓여줄게."

나는 배낭에서 조그만 알코올버너와 코펠과 라면 두 개를 꺼냈다. 그 라면은 내가 비상용으로 가지고 다니는 것이었다. 그러나 알코올버너에 코펠을 얹고 라면을 끓이려 했을 때, 물이 없다는 것을 알았다.

나는 다시 배낭에서 빈 수통을 꺼내 창문을 넘어 어린이 놀이터에 있는 식수대로 가서 물을 가득 채워왔다. 그리고 알코올버너에 불을 댕기고 라면을 끓였다. 그런 모든 과정들이 너무도 자연스럽고 손쉽게 이루어지자 그녀는 마치 매직 게임을 보는 듯한 낯빛을 했다. 그리고 그렇게 라면을 끓이는 동안 알코올버너가 비쳐내는 파란 불꽃이 전차의 창문에 비치지 않도록 군복 셔츠를 벗어 차광막까지 쳤다.

나는 그렇게 그녀에게 라면을 끓여주었다. 물론 나 또한 그 라면으로 늦은 저녁 식사를 했다. 라면을 먹는 그녀의 콧등에는 작은 땀방울이 맺혔다. 그것은 온종일 굶은 허기의 징표처럼 보여 나는 자신의 몫을 그녀의 그릇 속에 덜어주면서도, 혹시 오늘 하루 종일 굶지 않았어? 하고 차마 묻지 못했다. 그냥 모르는 척했다. 그녀 또한 라면을 덜어주는 내 앞에서 부끄러운 듯 사양을 하면서도 라면의 국물 한 방울 남기지 않았다. 고마워요, 다음에 꼭 신세 갚을게요, 그런 표정만 떠올리며 그 부끄러운 순간을 피해갔다.

*

이제 그녀와 나는 전차 내부의 공간에 누웠다.

그녀는 바닥에 깐 은박의 깔개 위에 누웠고, 나는 옆의 빛바랜 녹색 융단 위에 나란히 머리를 두고 누웠다. 창문으로 흘러드는 희미한 가로등의 불빛에 비친 그녀의 누운 모습은 여전히 불안해 보여, 나는 짐짓 농담을 가장하는 것으로서 마음을 가라앉혀주었다.

"여기서는 숙박료 달라는 사람 없을 테니까. 마음 푹 놓고 자."

그 말에 모로 웅크리고 누워 팔베개에 머리를 얹고 있던 그녀는 문득 얼굴을 들며 내게 물었다.

"이 전차, 혹시 갈 수 있는 거예요?"

나는 그 질문이 너무도 뜬금없이 느껴져 혼자 실소를 머금었다. 그러나 그녀는 우울하게 혼잣말을 덧붙였다.

"이 전차를 타고 어디론가 멀리 갔으면 좋겠어요. 어디든 멀리요."

나는 그런 그녀의 얼굴을 멀거니 내려다보며 어디로 가고 싶은데? 하는 표정을 지어주며 다시 표 나지 않게 실소를 머금었다. 그녀 또한 다시 우울하게 말했다.

"어디든지요. 그냥 멀리… 어디든지 그냥… 멀리 갔으면 좋겠어요."

그러나 나는 그 말을 할 수가 없었다. 이 전차는 아무데도 갈 수 없다는 것을, 이 전차의 레일은 끊겨버렸다는 것을. 이 전차의 동력인 전기도 끊겨버렸고 바퀴도 굴러갈 수 없도록 묶여버렸다는 것을. 마치 그녀의, 불구의, 창녀의 몸이 결코 고통에서 벗어날 수 없듯이….

그리고 그때, 나 또한 이렇게 불쑥 물은 것은 그 고통을 또 농담으로 희석시켜주고 싶어서였는지도 모른다. 알아봐야 아무런 의미도 없는, 쓸모도 없는 질문을 그때 나는 정말 아무런 생각도 없이 툭, 내던지듯 이렇게 물었었다.

"고향이 어디야? 혹시 태어난 곳이 어딘지 알아?"

그 말에 그녀는 또 무엇이 부끄러운 듯 배시시 웃음을 베어 물며 잠시 침묵했다. 나는 그 침묵 또한 우울하게 느껴져 재차 재촉하듯 다시 물었다.

"왜, 고향이 없어? 혹시 고향을 기억도 못하는 거야?"

그러자 그녀는 또 무엇이 더 부끄러운 듯 가만히 눈을 내리깔고 있다가, 마치 문득 생각이 난 듯 자그맣게 턱짓을 하며 말했다.

"바로 이 밑이요."

"이 밑이라고? 이 밑 어디?"

"이 밑에 있는 양동이요."

"뭐? 양동?"

"네."

"그러면 이 공원 바로 밑, 양동에서 태어났단 말이야?"

"네."

"양동 어디쯤?"

"아마 무허가 하숙집쯤 될 걸요. 번지수는 잘 알 수가 없지만요."

나는 어리둥절해졌다. 그리고 또 무언가 막막해지는 것을 느끼며 나도 모르게 한숨이 새어나왔다. 그녀는 산책길의 공원 벤치에 앉아 발아래 내려다보이는 양동을 쳐다보고 있듯 무덤덤하게 말하고 있지만, 나는 가슴속까지 답답해지는 것을 느꼈다. 세상에, 태어난 곳이 양동이라니…. 이 서울 최대의 빈민굴이자 사창가인 양동에서 태어났다니!

그러나 그날, 이것 또한 차마 묻지 못했다. 아버지는 누군지 알고 있냐는 것을. 태어나게 해준 어머니의 얼굴은 기억하느냐는 것을. 그것만은 그녀에게 물어서는 안 될 금기일 것 같아서 나는 정말 차마 묻지 못했다. 그렇더라도 양동에서 태어나 자랐다면 그것은 충분히 짐작할 수 있는 것이었다. 어쩌면 그녀의 어머니도 몸을 파는 창녀였을 수도 있다는 것을. 그리고 원치 않는 임신으로 그녀를 태어나게 했을 수도 있다는 것을. 그리고 창녀에게 아이란 어떤 의미를 지니고 있는지를 충분히 짐작할 수 있는 것이었다.

그리고 그녀를 태어나게 해준 어머니가 그런 직업을 가지고 있지 않았다고 해서, 지금 남산공원의 떠돌이 창녀가 된 그녀에게 어떤 의미가 있을까?

단언하건데 그것은 똑같은 의미였다. 그녀가 양동 빈민굴 사창가의 '공중변소'에서 태어나지 않았다고 하더라도 버려졌다는 의미에서는 똑같은 것이었다.

그랬다. 그것은 그러한 의미에서 충분히 유추할 수 있는 것이었다. 어쩌면 그녀는 정말로 창녀인 어머니의 몸에서 태어났을지도 모른다. 그리고 다른 양동의 아이들과 비슷하게 태어나면서부터 이미 직업을 가지고 있었는지도 모른다.

*

그 직업은 구걸을 하는 여자의 등에 축 늘어져 있어주면 되는 것이었다.

그것은 연극의 소도구로서의 연기였다. 그 연기를 위해 아직 젖먹이인 그녀를 업은 여자들은 요구르트나 우유에 수면제를 타서 먹여주었을 것이다. 그녀는 수면제를 탄 요구르트나 우유를 먹고 실감나게 잠에 떨어져 있거나 비몽사몽에 잠겨 있어주면 되었다. 때로는 칭얼거리거나 울음을 터트리도록 꼬집히기도 했겠지만 주로 사흘

쯤 굶은 아이마냥 울음을 터트릴 힘도 없이 축 늘어져 있어주면 되는 것이었다. 구걸의 소도구가 너무 칭얼거리거나 떼를 쓰면, 또 사지를 버둥거리며 우는 것은 그 구걸꾼 여자에게도 귀찮았기 때문이었다. 어쨌든 그렇게 축 늘어져 있다 보면 더러운 포대기로 그녀를 업은 여자는 이 세상에서 가장 불행한 어머니의 모습을 연출하며 술집이나 다방 같은 곳에서 껌이나 초콜릿 같은 것을 팔았을 것이다. 지하철에서 승객들에게 껌을 내밀기도 했을 것이다. 또 어떤 날은 그런 소도구를 미끼로 시장이나 지하도 같은 곳에서 생짜로 손을 내밀기도 했을 것이다. 물론 그런 날 그녀는 더 많은 양의 수면제를 먹거나 꼬집히기도 했겠지만…. 그녀는 그런 구걸의 소도구가 되어 매일매일 팔려 다녔을 것이다. 그땐 그런 구걸의 소도구를 필요로 하는 사람들이 그곳에 너무도 많이 살고 있었으므로.

그래, 어쩌면 그녀는 저 양동에서 그런 구걸의 소도구로 태어났는지도 모른다.
아니, 그때 그녀를 태어나게 해준 어머니가 '공중변소'가 아니었다고 할지라도, 그녀를 매일 얼마씩의 일당에 임대함으로써 하루의 살 돈을 마련하곤 하던 양동 빈민굴의 공통의 어머니와 무엇이 다를 수가 있을까? 또 만약 그녀의 어머니가 '공중변소'였다면 자신의 삶에 혹이나 병소(病巢)처럼 매달려 있는 그녀를 구걸의 소도구로 임대해줌으로써 몸을 팔아야 하는 자신의 어려운 처지를 잠시나마 벗어날 수 있었을 것이다. 이것 또한 양동에서 오랫동안 살아온 나로서 충분히 짐작할 수 있는 것이었다.

그리고 어쨌든 그녀는 매일 수면제에 취해 있었고, 어느 날, 그녀는 다량의 수면제에 의해 발작을 일으켰을 수도 있다. 어느 망할 놈의 구걸꾼 여자가 소도구의 좀 더 실감 나는 연기를 위해 그녀에게 너무 많은 양의 수면제를 먹였기 때문이다. 아직 젖먹이인 그녀는 온종일 그 망할 구걸꾼 여자의 등에서 깨어나지 못했고, 사지가 마비되어 축 늘어져 있는 그녀를 보고 놀란 나머지 구걸꾼 여자는 양동 주변에 있는 병원 문 앞에 포대기째 그녀를 버려두고 도망쳤을 수도 있다. 그녀는 그 병원에서 구사일생으로 깨어났고, 그 병원에 의해 고아원에 보내졌을 수도 있다. 그리고 어쩌면 그때의 발작이 소아마비의 원인이었을 수도 있다. 그리고 그녀는 그 고아원에서 자라났을 것이다. 또 그 소아마비의 불구 때문에 고아원에서 일찍 쫓겨났을 수도 있다. 왜냐하면 그녀는 그 불구 때문에 청소나 걸레질 같은 자질구레한 허드렛일도 잘 못하는 처지였을 것이므로. 어쨌든 그녀는 그렇게 고아원에서 나와 마치 모천회귀처럼 서울역 앞의 양동 빈민굴을 찾아들어, 그녀 또한 껌팔이 구걸 같은 생계 수단으로 지하철이나 밤의 술집 등을 떠돌며 살아왔을 것이다. 또 어쩌면 구걸을 하는 맹인 부부의 지팡이 노릇을 해주며 하루하루를 연명했을지도 모른다.

나는 그때, 양동 빈민굴 사창가의 공통적인 스토리를 떠올리며 전차의 바닥에 웅크린 채 누워 있는 그녀를 물끄러미 내려다보았었다. 이름이 뭐며 학교는 다녔는지 하는 그런 인적 사항 같은 것 또한 차마 묻지 못했다. 그것은 지금 그녀가 왜 무엇 때문에 어떻게 남산공원의 떠돌이 창녀가 되었느냐고 묻는 것과 같은 의미이므로.

그리고 그런 물음 또한 모든 떠도는 사람들 사이에 불문율로 가로놓인 금기일 것이므로. 세계는 그렇게 선택되어지는 것이므로. 그렇게 선택된 세계만이 또 그들에게 주어지는 것이므로.

그때 나는, (측은해하는 듯한 눈빛도 지우고) 그냥 물끄러미 그녀를 쳐다만 보았었다.
그녀는 그런 내 눈길을 의식했는지 웅크리고 누운 그 자세로 내 얼굴을 다시 빤히 쳐다보았었다. 이제 그녀의 눈에도 전차 내부에 고인 어둠이 많이 익숙해져 있을 것이었다. 그녀는 동그마한 눈을 깜박였다. 그 눈빛은, 이 전차 정말 갈 수 없는 거예요? 하고 아직도 묻고 있는 것 같아, 나는 짐짓 피곤한 듯 돌아누움으로써 그 눈빛과 더 이상의 대화를 피했다.
나는 돌아누웠다.
그리고 잠을 청했다. 정말 오랜만에 들어와본, 어두컴컴하고 퀴퀴한 냄새가 밴 전차 내부의 공간이었지만 비안개에 젖은 공원의 벤치보다 아늑했다. 나는 곧 익숙하게 잠이 들었다. 잠들기 전, 검고 둥근 작은 물방울무늬 원피스에 감싸인 채 누워 있는 그녀의 미발육의 자그마한 몸뚱이를 잠깐 내려다보았다. 그러나 그곳에는 나도 모르게 한숨만 나게 하는 불구의 몸뚱이가 놓여 있을 뿐이었다. 나는 잠들기 전, 그녀에게 이 말만은 다시 해주었다.
"마음 푹 놓고 자. 숙박료 달라는 사람은 정말 아무도 찾아오지 않을 테니까."
그리고 잠들기 전, 이 공원에서도 껌을 팔러 다니던 그녀의 모습을 잠깐 떠올렸던가?

공원의 벤치에 앉아 있는 산책객들에게 마치 다가가기가 미안한 듯 다가가며 껌을 내밀던 어린 그녀의 모습을 상상했던가? 그리고 나이가 들면서 어쩔 수 없이 이 공원의 떠돌이 창녀가 되어가는 모습을… 그 예비된 전락 또한 잠깐 떠올렸던가?

*

그녀와 나는 다음 날 새벽에 헤어졌다.

아직 조깅족도 눈에 띄지 않는 이른 아침이었다. 희뿌연히 새벽빛이 밝아올 때, 전차의 출입문을 안에서도 쉽게 열 수 있다는 것을 발견했다. 지난날에는 밖에서는 열 수 없도록 문고리에 용접이 되어 있었는데. 그 용접 부위가 떨어져나가고 간단한 걸쇠 장치가 되어 있었다. 그것은 쉽게 열 수 있는 것이었다. 나는 그 걸쇠를 열어 그녀를 밖으로 나가게 하고는 다시 안에서 걸쇠를 잠그고는 어젯밤처럼 창문으로 빠져나왔다. 그리고 다시 표 나지 않게 창문을 닫았다.

그녀는 헤어지기가 무척 아쉬운 듯한 눈빛으로 전차의 문밖에 서 있었다.

나는 배낭을 둘러메고 발걸음을 떼어놓으며 잘 잤었어? 하는 눈빛을 띠어주었다. 그녀는 자신의 노숙이 얼마나 처량하고 초라한지를 아는 눈빛으로 엷게 웃음을 머금었다. 이런 곳에서 자주 잘 생각하지 마, 버릇 돼! 나는 그렇게 말해주려다가 그녀가 더 무안해

할까 봐 그만두었다. 대신 "아침 라면 못 끓여줘서 미안해"라는 말로써 서로의 초라함을 지웠다.
  그러자 그녀는 정색을 하며, "아니에요, 요 아래 아는 언니한테 가면 돼요" 하고 말하며 그 부끄러운 순간을 피해갔다. 나는 그 말에 씩 웃어주는 것으로써 대답을 대신했다.

  희뿌여니 새벽빛이 밝아올 때, 그 새벽빛이 전차의 창문으로 비쳐들 때 나는 잠에서 깼었다. 그리고 녹색의 부드러운 융단 의자 위에서 바닥에 자는 그녀를 내려다보았었다.
  그녀는 여전히 웅크린 채 잠들어 있었다. 그 모습은, 마치 애벌레 같았다. 아니, 바구니에 담겨 강물에 떠내려가는 아기를 연상시켰다. 그것은 누군가가 안아 올려주기를 바라는, 그 손길을 애타게 기다리는 몸짓 같았다. 그때, 나는 닭털 침낭이 있었으면… 하는 생각을 떠올렸다. 그 일인용 닭털 침낭은 일인용 텐트와 함께 배낭에 넣어 다니던 것이었다. 그러나 교도소를 출감했을 때, 좀이 슬고 눅눅한 곰팡이가 피어 있어 쓰레기통에 버려버렸었다. 그 따뜻한 닭털 침낭이 있었으면….
  나는 잠시 측은한 눈빛으로 애벌레처럼 웅크리고 자는 그녀의 모습을 내려다보았었다. 그리고 나는 몸을 일으켜 그녀의 어깨를 가만히 흔들어 깨웠었다.
  "일어나, 이제 나가봐야 돼."
  그녀는 퍼뜩 눈을 떴다. 그리고 여전히 '낯선 세계'를 보듯 어리둥절한 눈빛으로 두리번거렸다. 그리고 비로소 자신이 강철집에 누워 있다는 것을 확인한 듯 급히 몸을 일으켰다. 그리고 여전히 낯선 세계를 두리번거리며 바라보는 듯한 눈빛으로 말했다.

"미안해요. 일찍 잠 깼었는데… 또 깜빡 잠이 들었어요."

그리고 재차 강조를 하듯 말을 이었다.

"미안해요, 정말 미안해요."

그리고 은박지 깔개 위에서 몸을 일으키며 옷매무새며 머리를 한 손으로 다듬었다. 그리고 그 한 손으로 마치 자고 난 뒤의 이불을 개듯 은박지 깔개를 접으려 했다. 나는 그 당황해하는 모습을 보며 그녀의 마음을 가라앉혀주기 위해 또 농담을 해주었다.

"놔 둬. 내가 접을게. 그리고 다음에 잘 때는 의자 위에서 자. 이불 속에서 자는 것처럼 푹신하다고!"

그 말에, 그녀는 머리를 숙인 채 표 나지 않는 그 웃음을 머금었다. 그러나 표정은 한층 밝아져 있었다. 그 밝아진 표정으로 그녀 또한 농담처럼 말했다.

"다음에 또 여기서 잘 거예요? 언제 잘 건데요? 언제요?"

나는 또 실소를 머금었다. 그러나 그녀의 밝아진 표정이 보기 좋아 다시 농담을 던져주었다.

"비가 오면, 비가 오는 날이면 또 여기서 자게 될 거야. 어때? 그때 또 같이 잘 생각 있어? 그럴 용기 있어?"

그리고 나는 은박지 깔개와 라면을 끓이고는 전차의 의자 밑으로 밀어둔 알코올버너와 코펠을 배낭에 꾸려 넣으며 그녀를 전차의 문밖으로 먼저 나가게 했다.

그날 밤, 어쩌면 그녀는 전차 내부의 어두운 공간에서 뜬눈으로 밤을 지새웠는지도 모른다. 부드러운 녹색 융단 의자의 포근함도 모른 채 딱딱한 전차의 바닥에서 몸을 웅크렸는지도 모른다. 아무리 밀폐의 효과를 나타내는 강철집이지만, 비 온 뒤 공원의 밤공기는 서늘하다. 그러나 그녀는 밤의 서늘함보다 '혼자'라는 것에 더 몸을 웅크렸는지도 모른다.

어쩌면 내가 잠든 사이, 공원을 순찰하는 경찰관의 손전등 불빛이 번뜩였는지도 모른다. 흔히 눈에 띄는 노숙자나 부랑자들의 어두운 그림자가 서성였는지도 모른다. 그녀가 아무리 공원을 떠돌아다니며 몸을 파는 창녀이지만, 그 어두운 그림자는 때론 악몽을 가져올 수도 있으므로. 그리고 아직 노숙에 익숙지 않은 그녀에겐 강철집도, 어두컴컴한 전차 내부의 공간도 무언가의 '아가리'처럼 비쳐질 수도 있으므로.

전차의 바닥에서 그냥 입고 잔 그녀의 물방울무늬 원피스는 구겨져 보였다.

그리고 더 퇴색해보였다. 그것은 노숙이 주는 초라함의 징표 같아서 마음이 또 암울해져왔지만, 그 암울함을 씻기 위해 나는 다시 밝게 말해주었다.

"미안해, 나중에 또 봐. 꼭 가봐야 할 데가 있어."

그녀는 그렇게 헤어질 때 내게 꼭 하고 싶은 말을 재차 강조하듯 말했다.

"고마워요, 정말 고마워요. 다음에 꼭 신세 갚을 게요. 꼭요."

그녀는 헤어지기가 정말 아쉬운 듯 망설이며 어린이 놀이터의 산책로 쪽으로 천천히 발걸음을 옮겨갔다. 나는 그 놀이터의 돌계단을 앞서 걸어 내려와, 일일 취업소를 향해 걸어갔다.

비의 가시

 우스운 소리지만, 한때 내게는 정신의 유문협착 증세가 있었다.
 그것은 내가 배만 부르면 세상에 근심 걱정 하나 없이 웃는 인간이었다는 뜻이다. 다시 말하면, 배 속만 채워져 있으면 바람에 살랑대는 나뭇잎에도 웃음을 던져주었고, 공원에서 하릴없이 노닥거리는 비둘기에게도 미소를 던져주는 인간이었다는 뜻이다. 또 그런 순간, 나는 이 지구가 영원히 멈추지 않고 돌아갈 것처럼 생각하곤 했었다. 또 그런 날의 내 노숙의 밤하늘에는 별들마저 천체불멸설로 반짝이고는 했었다. 그러나 배 속이 텅 비워지면, 즉 한 끼의 밥값도 없이 호주머니 속뿐만 아니라 가슴속마저 텅 비어버린 빈털터리가 되면 이 지구가 당장 폭삭 꺼질 것처럼 여기는 것이었다.
 이 대책 없음은, 내가 세상살이에 아직 미숙한 어린 부랑자였을 때 나타났던 것이었다. 그랬다. 내가 아직 세상살이에 미숙한 부랑자였던 시절, 지하도에 쪼그리고 있다가 매혈이라도 해서 내 앞에 밥그릇이 놓이면 나는 우주에서 바라본 푸른 지구처럼 웃곤 했었다. 그 꼬락서니를 보며, 같은 부랑자 동료들도 이죽거렸었다. 저 치, 완전히 우주의 주민이 다 됐구먼! 그 소리를 들을 때마다 아직 어린 영혼은, 내 구제받을 길 없는 생은 쇠꼬챙이에 찔린 듯 아팠지만 나는 그 웃음이 좋았다. 어쩌면 애당초 나는 그렇게 생겨먹었는지도 모른다. 하여튼 그럴수록 나는 내 앞에 놓인 밥그릇을 더욱 게걸스럽게 퍼먹곤 했었다.

내 감정의 소화불량, 마음의 위장병이 만들어낸 이 정신의 유문협착 증세.

그러나 습관적이고 타성적이기까지 한 웃음이었지만, 나는 이 웃음이 던져지는 순간을 좋아했다. 비록 그 웃음이 길거리의 개에게 던져지는 개뼈다귀 같은 것이었다고 할지라도.

강철집에서 그녀와 그렇게 헤어진 이후, 나는 공원에서 그녀와 몇 번 더 마주쳤다. 그냥 스쳐지나갈 때도 있었다. 그때는 그녀가 어떤 남자에게 "짜장면 한 그릇만 사주실래요?" 하고 있을 때였다. 그러나 그렇게 우연히 마주쳐 스쳐지나갈 때에도 나는 가볍게 웃어주곤 했었다. 어떤 때는 공중변소 뒤편의 그 후미진 벤치에서 초라한 노가다풍의 사내와 함께 앉아 있는 적도 있었다. 그때에도 나는 가볍게 웃음을 띠어준 채 모르는 척 지나쳐주기도 했었다. 그것은 그녀가 보여준, 그 끈끈한 유대감에 대한 답례였다. 어쩌면 밤의 전차 안에서 라면을 끓여준 것도 처음 그녀를 만났을 때, "제가 짜장면 한 그릇을 사드려요? 그렇게 해도 돼요?" 하던 그 따뜻함에 대한 보답이었을지도 모른다.

그리고 그렇게 웃음을 던져줄 때마다 그녀의 얼굴에는 그 특유의 미소가 떠오르곤 했지만, 그러나 이제 그 미소는 그녀의 얼굴을 밝게 물들였다. 비록 순간적이나마 그 미소는 그녀의 얼굴에서 꽃처럼 피어나, 쳐다보는 사람의 마음까지 가볍게 했다.

그래서 그 며칠 후, 그녀가 혼자 벤치에 앉아 있을 때 내가 먼저 다가가 밝게 농담을 건넨 적도 있었다. 사과 궤짝 노점 좌판의 뒤쪽에 있는 벤치에서였다.

"강철집에서 잔 소감은 어때? 괜찮았어?"

그때 그녀는 정말 반갑다는 얼굴빛도 숨기지 않은 채 활짝 웃으며 대답했다.

"그런데 그곳에 자는 것은 어떻게 알았어요? 언제 그곳에서 자본 적이 있었어요?"

그리고 내 얼굴을 마치 밤하늘의 천체불멸설처럼 바라보았었다. 그때 나는 아마 이런 표정을 지어보였을 것이다. 마, 객지 생활 하다보면 저절로 알게 돼! 그리고 나는 바람에 살랑대는 나뭇잎에게처럼, 공원에서 하릴없이 노닥거리는 비둘기에게처럼 그 웃음을 던져주었을 것이다.

그런데 또 뜻밖에도 그녀는 그 웃음을 너무도 소중히 두 손으로 받아들였다. (정말이다. 이것은 과장이 아니다. 나는 분명 그때 그렇게 느꼈었다.) 그리고 그때 그녀는 내가 아무렇게나 던져준 그 웃음을 마치 자신의 생의 황무지에서 처음 발견한 꽃인 것처럼 두 손으로 받아들며, 황홀한 표정을 지었었다.

나는 그 모습 또한 너무도 신기해 보여, 또 농담을 던져주었었다.

"숙박비는 언제 낼 거야? 저 강철호텔 숙박비는 비싸!"

그 농담에, 그녀는 놀란 듯 눈을 동그랗게 만들며, 그러나 활짝 웃는 얼굴로, 그 미소의 파문을 일렁이며, 또 짐짓 진지한 듯한 표정을 꾸미며 대답했다.

"숙박비 드려요? 얼마 드리면 돼요? 언제 드려요? 지금 드려요?"

이제 나 또한 활짝 웃었다. 그것은 정신의 유문협착 증세가 만들어낸 것이 아닌, 바람에 살랑대는 나뭇잎에게 던져주는 웃음이 아닌, 공원에서 노닥거리는 비둘기에게 던져주는 그런 웃음이 아닌, 내가 가지고 있던 본연의, 한 인간에게 건네주는 따뜻한 웃음이었을 것이다. 그리고 그 웃음은, 아직도 세상의 때가 덜 묻은 것 같은, 오염되지 않은, 그녀의 천진스러움에 건네주는 것이었을 것이다. 그래, 나는 그때, 그 오염되지 않은 천진스러움을 보는 것이 좋았다. 그래서 활짝 웃는 얼굴로 한마디를 더 덧붙여주었다.

"마, 농담이야. 넌 농담과 진담도 구별을 못해? 그러면 객지 생활 영 고달파진다구!"

그리고 또 한마디 덧붙여주었다.

"밥은 먹었어? 식사는 한 거야? 밥 굶지 마. 얼굴 버려. 여자가 얼굴 버리면 다 버리는 거 아냐?"

그리고 또 활짝 웃어주며, 벤치에서 몸을 일으켰다.

"돈 많이 벌어! 심심하면 강철집에서 또 라면 끓여줄게."

그리고 나는 그 벤치를 떠났었다. 그 벤치를 떠나며 뒤돌아보았을 때, 그녀는 여전히 자신의 생의 황무지에서 발견한 그 꽃을 소중히 가슴에 안은 채, 황홀한 표정을 짓고 있었다.

그래서 그때 이후, 그녀가 어느 벤치에서 남자를 유혹하고 있을 때도 장사 잘 해! 하듯 그 웃음을 던져주면, 그녀는 부끄러움으로 얼굴을 물들이면서도 여전히 그 꽃을 두 손으로 소중히 감싼 채 나를 바라보곤 했었다. 또 어떤 날은 정말 새들의 푸른 눈에 그려진 숲속의 길을 걸어 꿈의 집을 찾아가고 있는 듯한 표정에 잠기곤 했었다. 비록 그녀에게 던져준 그 웃음 또한 내 감정의 소화불량, 마음의 위장병이 만들어낸 정신의 유문협착 증세였다고 할지라도, 나는 그 웃음을 보내주고는 했었다. 그래, 비록 그것이 내 기아 의식이 빚어낸 정신의 치유할 길 없는 상처였다 할지라도.

*

그런 어느 한 날, 나는 서울 근교에 있는 주택 신축 공사장에서 정화조를 묻는 작업을 했다. 그 작업은 힘들었다. 포클레인이 들어갈 수 없는 좁은 공간에서 삽으로 구덩이를 깊게 파고 플라스틱으로 만든 커다란 정화조를 묻는 일은 간단한 것이 아니었다. 나는 그곳에서 사흘 동안 일을 했었다. 잠도 시멘트 벽돌로 내벽만 쌓은 건물 바닥에 스티로폼을 깔고 잤다. 그 일을 마친 후, 공원으로 돌아왔을 때는 어둠살이 내리는 저녁이었다.

나는 피곤한 몸을 쉬기 위해 일찍 공중변소 뒤편의 벤치를 찾아들었다. 그리고 그 벤치에 내 달팽이집인 배낭을 벗어놓았을 때, 몇 발

자국 떨어진 공중변소의 뒷담 벽 쪽에서 한 여자를 에워싸고 있는 세 명의 여자를 보았다. 그중의 한 여자가 마치 제 손등에 담뱃불을 지지듯 말했다.

"더 이상 곰팡이 피우지 말고 이 공원에서 사라져주었으면 좋겠어. 너 때문에 우리까지 구정물 뒤집어쓰는 거 더 이상 못 참아주겠어!"

그러자 곁에 선 여자가 또 이죽거렸다.

"머리칼 죄다 뽑아놓기 전에 없어져줄 수 있겠지? 어때, 약속할 수 있겠어?"

그렇게 말하면서 그 여자는 공중변소 뒷담 벽에 기대선 여자의 머리카락을 쥐고 흔들었고, 머리카락을 움켜잡힌 여자는 힘없이 흔들리다가 그만 그 자리에 주저앉았다. 나는 그 모습을 보며 그쪽으로 다가갔다. 그리고 두 손으로 얼굴을 감싼 채 고통으로 웅크리고 있는 검고 둥근 물방울무늬 원피스를 확인했다.

왜 그래? 무슨 일이지? 나는 그녀를 에워싸고 있는 세 명의 여자들에게 그런 눈빛을 차갑게 보냈다. 나는 그 여자들을 알 것 같았다. 남산 언덕길에서 몇 번 마주친 적도 있는 여자들이었다. 그 여자들은 모두 남산 언덕길에 있는 여관이나 여인숙에서 전속으로 몸을 팔고 있는 창녀들이었다. 그러나 전속이라고는 하지만 손님이 없는 날이면 언덕길에 나와 서서 지나가는 남자들의 옷소매를 끌곤 했다. 그중에는 언덕길의 술집에서 임시 작부 노릇도 하는, 골격이 남자처럼 생긴 이십대 초반의 창녀도 끼어 있었다. 그 창녀는 술병을 깨뜨려 찍 그은 제 팔뚝의 상처를 무슨 상표처럼 드러내 보이고 있었다. 그 창녀가 내게 이죽거렸다.

"저 찐따 때문에 창피해 죽겠어요. 우리까지 싸구려 취급을 한단 말이에요!"

그러고는 또 깨진 술병으로 제 팔뚝을 찍 긋듯 웅크리고 주저앉은 그녀를 흘겨보며 말했다.

"다시 한 번 눈에 띄면 각오해! 그때는 한쪽 다리마저 병신으로 만들어줄 테니까!"

그 소리를 들은 나는 세 명의 여자들에게 조용히 말해주었다.

"똑같은 처지에 같이 먹고 살면 안 돼? 뭐 더 먹을 게 있다고 밥그릇 싸움이지?"

그러고는 발밑의 돌멩이를 툭 걷어차고 세 명의 여자들을 찬찬히 훑어보며 다시 냉정하게 말해주었다.

"저 애를 가만히 내버려둬! 저 애한테 볼일이 있으면 나한테 와! 내 말 알아듣겠어?"

그러자 자해의 흉터가 있는 창녀가 또 이죽거렸다.

"왜 그래요? 아저씨는. 저 찐따 애인이라도 돼요? 기둥서방이라도 돼요?"

나는 다시 한 번 발끝으로 돌멩이를 툭 걷어찼다.

"그래, 그렇다면 내 눈을 담뱃불로 지질 거야? 그렇게 할 자신 있어?"

나는 그렇게 세 명의 여자들에게 공통의 적의를 드러냈다. 여자들은 그런 내 행동에 당황한 듯 주춤거렸다. 그러고는 창녀 노릇을 하다가 별꼴 다 본다는 표정으로 뒤로 주춤주춤 물러났고, 나는 외부의 폭력에 속수무책으로 웅크리고 있는 그녀를 내려다보며 또 한숨을 내쉬어야 했다.

어쩌면 그녀는 사흘 동안 보이지 않는 나를 찾아 이 공중변소 뒤편의 벤치로 찾아왔는지도 모른다. 그러다가 그 세 명의 여자들을 만났을지도 모른다.

아마 그녀는 그날, 생의 황무지에서 처음 본 것 같은 꽃을 또 두 손으로 떠올리고 싶었을 것이다. 그것이 아무리 개에게 던져지는 개뼈다귀 같은 것이었다고 할지라도. 그녀는 그것을 움켜쥐고 싶었을 것이다. 나는 그 생각을 떠올리자 조금 신경질도 나고 짜증이 났다. 그래서 비아냥대는 듯한 목소리로 한마디해주었다.

"이제 너도 꿈 좀 깨! 불안해서 어디 객지 생활 하겠냐!"

그것은 외부의 폭력에 최소한의 자기방어도 할 줄 모르는, 자신의 뿌리에 도끼가 찍히는데도 잎만 떨어뜨려주고 있는, 그러니까 자신의 불구보다 더 불구처럼 보이는, 그 의식의 식물성 때문이었을 것이다. 그래서 나는 다시 마음을 가라앉히며 조용히 말해주었다.

"일어나, 이제 괜찮아. 다 갔으니까."

나는 웅크린 채 주저앉아 있는 그녀를 마치 달래듯 일으켜 세워 벤치에 데려다 앉혔다.

그녀의 얼굴은 모욕과 수치감으로 일그러져 있었다. 그녀의 그런 모습은 또 내 마음을 무겁게 짓눌렀다. 나는 다시 표 나지 않게 한숨을 내쉬었다. 그러나 그녀를 달래주어야 했다. 그래서 농담 섞인 어조의 다소 과장된 억양으로 말해주었다.

"이제 괜찮아. 이제 모두가 내가 너의 애인인 줄 알 테니까. 그리고 그 머리 좀 빗어. 그래서야 어디 남자들이 연애하자며 따라오겠어."

그제야 그녀는 마음이 조금 진정된 듯 얼굴을 들었다. 고통과 모욕으로 일그러졌던 얼굴은 눈물에 얼룩져 있었다. 나는 호주머니에서 손수건을 꺼내 그녀에게 내밀었다. 그녀는 그 손수건으로 눈물을 닦고는 흐트러진 머리카락을 추슬렀다. 그러면서 그녀는 또 부끄러운 듯 그녀 특유의 웃음을 조금 떠올렸다.

나는 그녀 곁에 앉았다. 그리고 잠깐 침묵하며 발아래 점점이 켜진 도시의 불빛들을 내려다보다가 문득 생각난 듯 그녀에게 나직이 말해주었다.

"너는, 혹시 비가 병균 같다고 생각 안 해? 그렇게 생각해본 적은 없어?"

*

혹시 너는, 비가 병균 같다고 생각 안 해? 그렇게 생각해본 적은 없어?

지금 기억해보면, 그때 내가 그녀에게 그렇게 말해준 것은 자신의 뿌리에 도끼가 찍히는데도 잎만 떨어뜨려주고 있는 나무 같은, 자신의 불구보다 더 불구처럼 보이는 그 의식의 식물성 때문이었을 것이다. 그러나 그때 내 말을 들은 그녀는 무슨 뜻인지 모르겠다는 듯이 동그마한 눈만 깜빡거렸다. 그것은 병균이요? 무슨 병균이요?

하고 되묻는 것 같아 나는 또 한숨을 내쉬며 말해주었다.

"몸속을 텅 비워버리는… 자신이 살아 있기 위해 무수한 돌연변이를 일으키는… 눈에 보이지도 만져지지도 않는… 그런 바이러스와 같은 병균 말이야."

그러자 그녀는 놀란 듯 눈을 동그랗게 만들었다. 그리고 말했다.

"그러면 비가, 그런 병균이란 말이에요? 빗방울 하나하나가 그런 병균이라는 뜻이에요?"

나는 답답하다는 듯 억양을 높였다.

"그래, 그것도 지독한, 악성 병균이지."

"그러면 아저씨는… 그 병에 걸렸어요? 그 병균에 감염되어본 적 있어요?"

"그래, 나는 그 병에 걸렸었어. 그것도 아주 일찌감치 감염되었었지. 어쩌면 지금도 그 병을 앓고 있는지도 몰라. 어쨌든 나는 그 병균에 감염되어 몸속이 텅 비어버렸어. 그리고 그런 내 몸은 그 병균의 온상이기도 했어. 그 병균의 숙주이기도 했고."

그 말에 그녀는 여전히 무슨 뜻인지 모르겠다는 듯 의혹에 가득 찬 눈을 깜박였다. 나는 그 눈빛을 향해 다시 말해주었다.

"그리고 그런 내 몸은 그 병균의 먹이이기도 했어. 그것도 아주 맛있고 영양이 풍부한 먹이였지."

그리고 또 나는 그녀에게 좀 더 과장되고 엄숙한 표정을 지어보이며 말을 이었다.

"너는, 비가 하늘에서 땅으로 내린다고만 믿고 있지?"

그녀는 더욱 곤혹스러운 눈으로 내 얼굴을 빤히 쳐다보다가 네,

했다.

"비가, 하늘에서 땅으로 내리지 어디로 내려요?"

"아니야. 때로는 사람에겐 비가, 그 사람의 몸속에서도 내려. 마치 허공에서 빗방울이 떨어지듯 그 사람의 몸속에서도 내려."

"…?"

"그리고 그 비는, 그 사람의 몸속에서 돋아나기도 해. 마치 가시처럼. 너는 공원의 벤치에서 비를 만났을 때, 그런 것을 느껴보지 못했어? 가시가 돋아나듯, 너의 가슴속에서 비가 돋아나는 것을 느껴보지 못했어?"

"…?"

나는 거기까지 말하고는 다시 그녀의 얼굴을 쳐다보았다. 이미 어둠이 고인 후미진 공간의 벤치에 앉아 침묵하고 있는 그녀의 얼굴은 여전히 의혹에 가득 찬 표정을 떠올리고 있었다. 그 표정을 향해 마지막 결론이듯 나는 힘을 주어 말했다.

"그러니까 너는, 너의 가슴속에서 돋아난 그 비의 가시에 찔려 피를 흘려본 적은 없어? 고통으로 몸부림을 쳐본 적은 없어?"

"…?"

"그리고 내가 왜 이런 말을 하는지 이해할 수 있겠어? 내 말의 뜻을 알아듣겠어?"

*

그때, 침묵하고 있던 그녀는 문득 울상을 지었다.

둥근 눈망울 전체가 눈물방울이 되어 굴러 떨어질 것 같은 낯빛을 떠올렸다. 그것은 조금 전의 모욕과 수치감에 젖었던 표정과 겹쳐져 그녀의 얼굴을 더욱 암담하게 보이게 했다. 나는 또 가만히 한숨을 내쉬었다.

이번의 한숨은 어쩌면 나 자신을 향한 것인지도 몰랐다. 그러니까 지난날 한때, 비는, 내게도 병균이었다. 아무 데도 갈 곳이 없어 혼자 떠돌 때, 이 공원의 벤치에서 노숙을 하다가 비를 만나면, 그 빗방울 하나하나가 바이러스가 되어 몸속을 파고들었었다. 그리고 몸속을 파고든 바이러스는 내 내부를 허공처럼 텅 비워버리고는 했었다. 눈에 보이지도 만져지지도 않는—그 기아 의식의 바이러스에 감염되어, 아직 세상을 살아가는 방법에 무지했던 어린 부랑자는, 지독한 공황장애를 앓곤 했다. 아무리 먹어도 배가 고픈 것 같고, 아무리 껴입어도 추운 것 같은—, 그 공황장애에 사로잡혀 열다섯 나이에 떠돌이가 된 나는 몸뚱이 하나뿐인 인간이 살아갈 수밖에 없는 삶의 공식대로 갖가지 직업을 전전하며 살아왔었다. 그러니까 살아있기 위해 무수한 '변신'을 해야 했었다.

그랬다. 그때 나는, 그 변신을 이야기해주고 싶었던 것이다.

그리고 그 변신의 에너지인 절망, 그 절망의 동력인 자학, 즉 자해와도 같은 자기 파괴를 이야기해주고 싶었던 것이다. 알다시피 자해는, 자기 방어수단이다. 세상이, 감히 자신을 건드리지 못하도록 하는, 심리적인 공격 행위이다. 이 자해는, 그 자학과 절망이 가져다준다. 이 자학과 절망이 가져다주는 자기보호본능은, 그러므로 자신을 파괴함으로써 자신을 지킨다.

마치 하나의 세계가 태어나기 위해서는 하나의 알을 깨트려야 하듯이.

*

그리고 그때 나는 그녀에게 또 말해주고 싶은 것이 있었다.

그것은 그녀가 몸을 파는 창녀로서 좀 더 당당해지는 것이었다. 그러니까 〈비브르 사 비〉라는 영화 속의 창녀처럼 "난 매일 거리로 나간다. 그것이 나의 직업, 영화 포스터가 붙어 있는 거리의 담벼락에 등을 기대고 지나가는 사람들과 눈을 맞춘다. 그들은 나의 매력을 사고 나는 그들에게서 하루를 연명할 돈을 얻는다. 아무런 의미 없이 흘러가는 삶이지만 난 아무도 탓하지 않는다. 이 모든 것이 나의 책임이니까, 이 삶은 나의 삶이니까" 하며 공원을 거닐기를 바랐었다. 아무리 자신의 의지와는 무관하게 몸과 심한 불화를 일으키는 모습이라 하더라도 그녀는 아직 어렸고, 그것은 몸을 파는 창녀로서 최대의 무기일 수 있었다.

나는 그녀가 그것을 이용해서 다가오는 남자들에게 좀 더 당당하게 눈을 맞추기를 바랐다. 그리고 공원의 벤치나 가로등 아래 서서 아직은 서투르지만 담배 연기도 내뿜을 줄 알면서, 잠깐 쉬었다 가실래요? 유혹의 눈웃음도 치면서, 그 영화 속의 창녀처럼 세련된 자의식의 눈길은 아니더라도 자신의 불구를 미안해하거나 부끄러워하지 않고, 하다못해 공원의 언덕길을 서성이거나 그 언덕길의 허름한 술집에서라도 임시 작부 노릇도 하며 남자를 물색하기를 바랐었다.

  그러니까 열아홉 살이라는 아직 오염되지 않은 나이에 대한 분명한 계산으로 자신의 몸에 대한 대가를 받기를 바랐었다.

  그러나 그녀는 남자에게 다가가기도 전에 미리 자신의 불구를 부끄러워하거나 미안해하며 "짜장면 한 그릇만 사주실래요?" 했고, 그 짜장면 한 그릇 값이나 다름없는 헐값에 몸을 팔곤 했다. 또 그 짜장면 한 그릇 값이면 공중변소 속에서도 거래를 이룬다고 하여, 또 다른 의미의 '공중변소'라는 별명으로 불리곤 했었다.

  나는 그것이 안타까웠고 어떤 때는 어처구니없기도 했었다. 또 때론 신경질이 나기도 했었다. 그리고 그런 그녀를 마주칠 때마다 그것에 대한 충고를 해주고 싶곤 했다. 그러나 그때의 나는 그녀의 아무것도 아니었다. 그저 타인에 불과할 뿐이었다. 그런 나는 멀찌감치 떨어져서 그녀를 쳐다보기만 했었다. 그러나 자신의 뿌리에 도끼가 찍히는데도 잎만 떨어뜨려주고 있는, 그 의식의 식물성이 나를 짜증나게 했다. 최소한의 자기방어의 모습도 보여주지 못하는 속수무책이 나를 신경질 나게 했다. 그렇다고 해도 그것을 직설적으로 얘기해주는 것은 그녀에게 상처가 될 것 같아서, 그 '변신'에 대해 완곡하게 비유를 들어 얘기를 해주었던 것이다.

    새를 아세요? 새는 겉과 속을 가진 동물이죠. 새의 깃털 속에는 몸이 있고 그 몸속에는 새의 영혼이 있죠. 나의 깃털… 당신이 거리에서 나를 만나 4천 프랑에 나를 산다고 해도 그건 단지 깃털 속의 내 몸을 잠시 빌려갈 뿐이에요. 내 자신을 타인에게 잠시 빌려줄 수는 있어도 줄 수는 없어요.

이 얼마나 매혹적인 자신의 생에 대한 분명한 자기 에피그램인가. 만약 내가 그때 〈비브르 사 비〉라는 영화를 보았다면, 이 내레이션에서 얻은 직접적인 의미를 그녀에게 얘기해주었을 것이다. 그러나 그때에는 이 영화를 보지 못했었고, 그래서 그 비의 이미지에서 빌려온 '변신'을 비유를 들어 얘기해주었던 것이다.

그러나 그녀는 의문만이 가득한 침묵 속에서 곧 눈물방울을 떨어뜨릴 듯한 표정만 떠올렸고, 그 모습을 보며 나는 또 한숨만 내쉬었던 것이다. 그리고 더 이상 할 말이 없다고 느낀 나는 벤치에 내려놓았던 배낭을 둘러메며 마지막으로 한마디해주었다.

"잘 생각해봐, 내가 왜 그런 말을 하는지."

그리고 나는 뒤돌아서서 그 벤치를 떠났다. 물론 몸은 피곤했지만 비참함과 자기 모멸감에 젖은 그녀를 두고 도저히 그 벤치에서 잠을 잘 수가 없을 것 같아서였다. 아니, 그녀가 철딱서니 없게 오늘은 강철집에서 안 자요? 할 것 같아서였다. 그리고 등에 둘러멘 배낭을 추스르며 얼핏 뒤돌아보았을 때, 공중변소 뒤편의 후미진 공간에 고인 어둠 속에 웅크리듯 앉아 있는 그녀의 모습이 마치 '고통과 고뇌의 덩어리'처럼 보여, 마음을 더욱 무겁게 짓눌렀다.

꿈이 있어야 존재하는 것

지금 다시 가만히 생각해보면, 그때의 내겐 죽음에 대한 기억이 하나 있었다.

그것은 한 창녀의 죽음에 관한 것이었다. 그 기억은 그때까지 지워지지 않고 내 뇌리 속에 머물러 있었다.

그 죽음을 목격한 것은 당시로부터 십 년 전쯤, 그러니까 내가 처음 지게꾼이 되어 양동 빈민굴의 무허가 여인숙의 방을 잠자리로 얻었을 때였다.

내가 처음 지게를 졌을 때는 세상을 다 얻은 듯 뿌듯했었다. 이제는 살아갈 수 있다는 기대감 때문이었다. 열심히 땀 흘려 일하기만 하면 '세끼 밥이 있고, 비바람 막아주는', 그 잠자리는 얼마든지 가능하리라고 믿었던 그런 기대감 때문이었다. 그것을 위해 나는 하루도 빠짐없이 비가 오나 눈이 오나 지게! 하고 부르는 소리를 찾아 청계천을 헤매어 다녔었다.

  그리고 그날도 한 짐이라도 더 지기 위해 늦은 시간까지 청계천을 헤매어 다니다가 거리의 가로등 불빛이 켜지고, 상점의 셔터 문들이 하나 둘 내려질 때쯤 피곤한 다리를 이끌고 하꼬방과 판잣집들이 다닥다닥 붙어 있는, 연탄재들이 아무렇게나 굴러다니고 여기저기 쓰레기들이 널려 있는 어두운 양동의 골목을 들어섰을 때, 내가 묵고 있는 무허가 여인숙의 판잣집 문 앞에서 마치 수상한 소문이라도 전하듯 웅성거리며 모여 있는 사람들을 보았다.

  나는 의아한 발걸음으로 모여 있는 사람들 사이를 지나 여인숙의 문 안으로 들어섰고, 그리고 그 죽음을 목격했었다.

  그 죽음은, 내가 묵고 있는 방의 바로 맞은편 방에 놓여 있었다.

  삼십 촉 등 전구의 흐릿한 불빛 아래, 그 창녀는 몸을 팔 때의 벌거벗은 모습 그대로 더러운 이불에 덮힌 채 누워 있었다. 핏기 하나 없이 창백한 얼굴은 거무스름하게 변색되어 있었고, 이미 남루를 벗어버린, 그러니까 속옷 하나 걸치지 않은 나체였지만 헝클어진 머리칼 하며 그 죽음은 마치 걸레 뭉치처럼 더러워 보였다.

  나는 그 창녀를 알고 있었다. 그 창녀는 사십대 중반의 늙은 창녀였다. 그리고 그 창녀에게는 남편이 있었고, 두 아이가 있었다. 그러나 그 창녀의 남편은 남대문시장의 새벽 채소전에서 품거리를 지는 지게꾼이었고, 두 아이는 아직 어렸다. 그러니까 지게꾼인 남편은 꼭두새벽부터 지게 짐을 지는 고된 막일에도 불구하고 다 찌그러져가는 하꼬방 여인숙의 방세도 제대로 내지 못했고, 그 창녀는 그런 남편과 아이들 몰래 몸을 팔곤 했다.

그리고 그 창녀는 그렇게 몸을 팔 때마다 약을 먹곤 했었다. 먹으면 몸도 마음도 마치 술에 취한 듯 몽롱하게 만들어주는, 루미날이라는 이름의 알약 같은 것이었다. 늙은 창녀는 남편과 아이들 몰래 몸을 팔 때마다 그 약물로 자신을 마비시키곤 했다.

그때의 나는 그 골목의 다른 창녀들도 흔히 그 약물에 취해 골목에 서서 지나가는 남자들의 옷소매를 끌어당기거나 실랑이를 벌이는 모습을 보아왔었다. 골목의 창녀들은 그 약을 '영양제'라고 불렀다. 그랬다. 그 알약들은 빈민굴의 고통스런 현실을 잊게 해주는 정신의 영양제였고, 그 몽롱함은 부끄러움과 수치감을 실어가주는 '들것'이었다. 그리고 나는 남산공원의 떠돌이 창녀들 또한 그 들것에 실려 몸을 파는 것도 종종 보아왔었다.

그러나 그 알약들은 처음에는 한 알, 두 알에도 약효를 나타내다가 나중에는 다섯 알, 열 알을 먹어야 효과를 나타내곤 했다. 약의 내성 때문이었다. 그 때문에 늙은 창녀는 다섯 알, 열 알을 삼키고도 좀 더 강한 취기와 몽롱함에 자신을 맡기기 위해, 때로는 술로 그 약의 효과를 배가시키곤 했다. 그리고 그 술과 약물의 혼합된 상승작용에 의한 황홀한 들것에 실려 몽유병자처럼 손님방을 드나들곤 했었다.

그리고 그날, 그 늙은 창녀는 좀 더 강한 취기를 위해 더 많은 양의 알약을 복용했었고, 그 속에 독한 소주까지 부어넣었다. 그리고 그 골목에서 그림자처럼 서성이는 뚜쟁이 여인들의 은밀한 눈길을 따라 몰래 손님방에 들어갔었고, 끝내 늙은 창녀는 발작을 일으켜 발가벗은 채 전신이 마비되어 시멘트처럼 굳어버렸었다. 약물 중독에 의한 돌연사였다.

나는 그 늙은 창녀의 지게꾼 남편도 알고 있었다. 그는 이미 엉망으로 취해 막다른 골목의 한구석에 쓰러져 있었다. 아직 철도 안든 두 아이는 눈만 멀뚱거리고 있었다.

그 밤, 동네 사람들은 약간의 돈을 추렴해 시신이 놓인 방에 촛불을 켜주었고, 여인숙의 주인 여자는 늙은 창녀의 벗은 몸에 평소 그 여자가 입던 누추한 옷을 입혀주었다. 골목 바깥에는 막걸리 술상이 차려졌고, 골목의 조문객들은 술을 마시며 그 돌연사의 마지막 밤을 밝혀주었다. 나 또한 뜬눈으로 밤을 보냈고, 새벽녘에야 잠깐 눈을 붙였었다.

그리고 바깥의 수런거림에 눈을 떴을 때, 나는 보았던 것이다. 그 늙은 창녀의 시신이 어느새 골목 바닥으로 옮겨져 있는 것을. 평소에 입던 누추한 옷 그대로 골목 바닥에 깔린 가마니 위에 가마니를 덮고 누워 있는 것을.

그리고 아직 아침이 밝지 않았는데도 누군가가 아무런 연고도 없는 알코올중독의 한 여자 행려병자가 골목에서 죽어 있다고 경찰에 신고를 했고, 그리고 얼마 후 경찰 앰뷸런스가 귀찮은 듯 나타나, 정말 아무런 연고도 없는지 동거 가족이 없는 행려병자인지를 동네 주민들에게 몇 마디 확인을 하고는, 그 죽음을 싣고 가버렸다.

그것은 너무도 간단했었다.

그것을 보며 나는 충격을 받았었다. 그리고 나는 알았다. 그것은 이 양동 빈민굴 사창가의 너무도 일상적인 장례 풍습이라는 것을. 너무도 관습적이고 공통적인, 장례 절차라는 것을.

또 그것을 지켜보는 사람들의 얼굴 또한 무표정했고, 무감각한 가면 같은 표정들을 하고 있었다. 그 가면 같은 얼굴의 낯빛들은 그러한 죽음을 무표정하게 무신경한 얼굴로 바라봄으로써, 자신들이 사는 빈민굴의 누추한 현실을 잊고 싶은 자기최면처럼 보여, 내 마음을 더욱 어둡고 우울하게 만들었다.

그리고 나는 그 '길바닥에서의 장례'를 지켜보며, 깨달았다.

죽음은 마분지의 빛깔이라는 것을. 거무튀튀하게 만들어진, 거친 질감의 퇴색되고 변색된, 그 말의 분뇨로 만들어진 종이의 빛깔이라는 것을.

그리고 마분지란, 정말로 말의 분뇨로 만들어진 종이라는, 그 고정관념을 그때의 내 뇌리 속에 깊게 각인시켜버렸다.

길바닥에서의 장례.

그리고 그때까지 잊히지 않는 것이 또 있었다. 그것은 그 늙은 창녀의 시신을 그렇게 경찰 앰뷸런스가 실어갈 때, 막다른 골목의 담벼락 뒤에 숨어, 조문객도 문상객도 없는 그 장례를 지켜보던 지게꾼 남편의 퀭하니 뚫린 두 눈이었다. 그리고 그 장례식이 무슨 뜻인지도 모르고 여전히 눈만 멀뚱거리고 있는 두 아이의 얼굴이었다. 그리고 며칠 후, 나는 그 지게꾼을 을지로 입구에서 보았다. 그는 두 아이를 데리고 마치 갈 곳이 없는, 길 잃은 사람처럼 넋을 놓고 서 있었다. 그 뒤로 나는 그 지게꾼과 두 아이의 모습을 보지 못하였다.

*

 그날 이후, 나는 공중변소 뒤편의 벤치를 찾지 않았다.
 그녀와 그렇게 헤어진 그날 밤에도 나는 공원 위쪽에 있는 분수대 옆, 꽃시계탑 아래쪽에 있는 벤치에서 잠을 잤었다. 그곳은 잔디가 깔려 있어 잔디공원이라고 불렸지만, 꽃시계탑이 서 있는 언덕의 아래쪽에 마치 숨겨진 듯 놓여 있어, 평소에도 산책객들이 별로 보이지 않는 한적한 곳이었다. 나는 공터의 안쪽 구석진 자리에 놓여 있는 벤치에서 마치 그녀로부터 몸을 숨기듯 그곳에서 잠을 잤었다.
 다음 날부터는 그녀가 떠돌고 있는 곳을 피해 그 벤치로 잠을 자러 갔었고, 일일 취업소에서 일을 얻지 못해 쉬는 날에도 그녀가 눈에 띄지 않는 곳에서 시간을 보내곤 했다. 고통과 고뇌의 덩어리가 여전히 내 마음을 무겁게 짓눌렀기 때문이었다.
 그러나 며칠 후, 엉뚱한 곳에서 그녀와 마주쳤다.
 그곳은 공원을 오르는 언덕길의 모퉁이에 있는 순댓국밥집에서였다. 그날 나는 그동안의 노숙과 노동일 때문에 너무 피곤해서인지 해가 떠오를 때까지 벤치에서 일어나지 못하고 잠을 잤었다. 그러니까 공원의 소풍객들과 산책객들이 여름의 시원한 물줄기를 뿜어올리는 분수대 주변으로 찾아들 때쯤 몸을 일으켜, 그 공터의 안쪽 숲속에서 간단히 라면을 끓여먹고는, 그 숲속의 나무 그늘에서 은박 천의 깔개를 깔고 내처 잠이 들어버렸었다.
 그 긴 잠에서 깨어났을 때는 오후 네 시가 지나 있었다.
 나는 서둘러 일어나 일일 취업소로 가서 가까스로 취업카드를 접수시키고는 다시 몸살이 날 것 같은 몸을 끌고 공원의 언덕길을 오르다가, 그 언덕길 모퉁이에 있는, 주모가 할머니인, 막걸리도 팔고 술국밥으로 순댓국밥도 파는 허름한 술집 앞에서 걸음을 멈추었다. 몸살 약으로 쌍화탕을 사 마실까 하다가 차라리 막걸리 한 잔에 순댓국밥 한 그릇이 몸살기 회복에 도움이 될 것 같아서였다.

사실 그즈음의 나는 술을 마시지 않았다. 교도소를 출감한 후, 일체 술을 끊고 있었다. 그것은 하루를 위해 일일 취업으로 번 일당을 아껴야 하는 이유도 있었지만, 이제 술로 나 자신을 마비시키고 싶지 않아서였다.

내가 청계천의 지게꾼일 때, 지게를 지고 거리를 헤매는 모습이 꼭 혹성에서 온 외계인 같은 모습으로 비쳐질 때, 나는 술로써 자신을 마비시키곤 했다. 그 지독한 소외감을 떨쳐버리기 위해 어떤 날에는 그날 번 일당을 몽땅 털 때도 있었다. 그리고 그렇게 자신을 취기로 딱딱하게 마비시킨 후, 아무 데서나 노숙의 잠자리를 만들곤 했었다. 그것이 반복되면서 내 몸과 마음은 자꾸만 피폐해져갔고, 또 그 피폐함을 느낄 때마다 더 많은 양의 알코올로 자신을 마비시키고는 했었다. 그 중독의 악순환은 나를 대낮부터 청계천을 몽유병자처럼 비틀거리며 돌아다니게 했다.

그러나 지금은 그러고 싶지 않았다. 어쩌면 그것은 그때까지도 가슴속에 감추어두고 있던 '물의 행'의 꿈이 그렇게 만들어준 것인지도 모른다. 그러나 그것이 무엇이든 지금의 암울한 현실을 그 술이 주는 달콤한 마취의 비몽사몽으로 채색하고 싶지 않았다. 그러니까 나는 더 이상 추락하고 싶지 않았던 것이다. 더 이상의 추락은 내게 죽음을 의미했으므로. 나를 스스로 길바닥에서 장례 치르는 것을 의미했으므로.

그러나 나는 딱 한 잔만을, 몸살기가 있는 몸의 약으로써 딱 한 잔만을 염두에 두고 술 탁자가 두 개밖에 없는 작고 허름한 술집에 앉아 있었다. 술국밥으로 파는 그 순댓국밥 한 그릇으로 종일 라면 하나밖에 먹은 것이 없는 빈속도 채울 겸.

그렇게 내가 막걸리 한 잔과 순댓국밥 한 그릇을 시켜놓고 앉아 있을 때, 그녀가 불쑥 술집 안으로 들어왔다. 그 예기치 못한 그녀의 등장에 나는 놀란 얼굴을 했다. 어어? 여긴 어쩐 일이야? 그러나 그녀는 너무도 반가운 듯한 웃음을 떠올리며 다가왔고, 그리고 스스럼없이 말했다.

"저도 한 잔 주실래요?"

그리고 평소의 미리 부끄러워하거나 미안해하는 표정도 없이, 내가 앉은 술 탁자의 맞은편에 엉덩이를 내려놓으며 다시 말했다.

"술값은 제가 낼게요."

나는 더욱 놀랐다. 그리고 그 순간, 직감했다. 그녀도 이미 취해 있다는 것을. 그것은 술에 취한 것이 아니라 약물에 취해 있다는 것을.

그랬다. 나는 이미 노점 좌판에서 그녀가 알약을 먹는 것을 보았었다.

먹으면 몸도 마음도 술에 취한 듯 몽롱하게 만들어주는, 그 '영양제'였다. 아직 두 알밖에 되지 않는 적은 양이었지만 그 알약을 소주와 함께 복용하는 것을 보았었다.

그리고 나는 다시 직감했었다. 그녀 또한 맨얼굴을 가면으로 만들어주는 그 약물에 취해 자신의 식물성을 벗어버렸다는 것을. 뿌리에 도끼가 찍히는데도 잎만 떨어뜨려주는, 그러니까 자신의 불구보다 더 불구처럼 보이는, 그 의식의 식물성을 벗어버렸을 것이라는 것을.

그리고 그녀는 내게 빚을 갚으려 한다는 것을. 자신을 폭력으로부터 구해준 대가뿐만 아니라, 강철집에 숙박시켜준, 또 라면까지 끓여준 그것에 대한 대가를 지불하고 싶어 한다는 것을.

그리고 그 모든 것이 자신을 향해 던져주기를 바라는, 비록 공원에서 하릴없이 노닥거리는 비둘기에게 던져주는 것 같은 그런 웃음일지라도, 마주칠 때마다 자신에게 던져주길 바라는 그 웃음에 대한 그녀의 또 다른 열망의 표현이라는 것을. 술은 제가 살게요, 하는 그 말에서 나는 직감할 수 있었다.

그러나 나는 모르는 체했다. 아무렇지도 않은 척 시치미를 뗐다. 나로서도 어쩔 수 없는 노릇이었다. 그리고 그녀의 약물에 젖은 모습이 마치 허공을 부유하는 듯한, 뿌리도 없이 떠다니며 실없이 웃음을 흘리는, 그런 중증의 약물중독 증세로는 보이지 않았기 때문이었다. 그녀는 이제 겨우(?) 두 알의 알약을 복용하고 있었다.

그래도 이 말만을 해주었다.

"술 먹어도 괜찮겠어? 해롭지 않겠어?"

이 말은 그녀의 불구에게 해주는 말이었다. 걸을 때마다 지구가 기울어진 듯 몸의 중심을 기우뚱거리는, 미발육의, 곧 넘어질 듯 위태로워 보이는, 그 걸음걸이를 보며 해주는 말이었다.

그러나 그녀는 정색을 했다.

"괜찮아요. 한 잔만, 한 잔만 먹고 싶어요. 제게 한 잔만 안 주실래요?"

나는 하는 수 없이 주모 할머니에게 막걸리 한 잔을 시켜 그녀 앞에 놓아주었다. 술국밥도 그녀 앞으로 밀어주었다.

"한 잔만 마셔야 해! 나도 이제 막 일어서려던 참이니까."

그러나 그녀는 아랑곳하지 않고 앞에 놓인 막걸리 잔을 홀짝 비웠다. 그 모습은 마치 전쟁터에 나가는 풋내기 병사처럼 보여 쓴 웃음을 짓게 했지만, 나는 아무런 내색도 하지 않았다. 그때 빈 막걸리 잔을 탁자 위에 내려놓은 그녀는 물방울무늬 원피스 호주머니에서 꼬깃꼬깃 접힌 지폐 몇 장을 꺼내어 술 탁자 위에 올려놓으며 말했다.

"제가 술 한 잔 사드리고 싶었어요. 정말이에요. 꼭 사드리고 싶었어요."

나는 다시 쓴웃음을 지었다.

그러나 그 모습이 신기해 보이기도 했다. 그녀도 돈을 벌 수 있다는 사실을 깨달았기 때문이었다. 그리고 보면 나는 그녀가 공원에서 만나는 남자들도 때로는 호주머니 속이 두둑할 때가 있을 것이란 것을 간과했다. 나는 짐짓 놀라는 척해보였다. 그것은 그녀가 절망처럼 느끼고 있을 열등감을 희석시켜주기 위한 제스처였다. 그러자 그녀는 또 술을 시켰고 안주도 더 주문했다. 나는 술을 더 먹어도 괜찮겠느냐고 다시 물었지만, 그녀는 딱 한 잔만 더 먹고 싶다고 했다. 그 모습 또한 알코올과 영양제의 조명으로 자신의 초라함에 색색의 빛을 흘리고 있는 것 같아 씁쓸했지만, 나는 그것 또한 내색하지 않았다. 그때 그녀는 쓸쓸한 표정으로 내게 물었다.

"그동안 왜 안 보였어요? 바빴어요?"

그 물음에, 나는 대답을 얼버무리는 가벼운 웃음만 떠올려주었다. 내 침묵에, 그녀 또한 잠시 묵묵히 술잔만 내려다보고 있다가 문득 생각난 듯 얼굴을 들었다.

"뭐 좀 물어봐도 돼요? 궁금한 게 있어서요."

나는 뭔데? 하는 표정을 지어보였다. 그녀는 망설이다가 겨우 꺼내는 듯한, 쑥스러워하는 듯한 목소리로 말했다.

"아저씨는 왜 결혼 안 해요? 혼자가 좋아요?"

나는 무슨 뜬금없는 소리냐며 의아한 표정을 지어보였다. 그러자 그녀는 자신의 질문의 요지를 수정하듯 약간 긴장된 표정으로 말을 이었다.

"혹시 좋아하는 사람… 애인이 없느냐고요. 그러니까 지금 연애하고 싶은, 사귀고 있는 여자가 없느냐고요?"

그 말에 나는 쿡, 하고 실소를 머금었다. 그리고 대체 이 철없는 여자아이에게 뭐라고 대답을 해주어야 하나… 하는 곤혹스러움도 덧붙였다. 사실 그때에도 나는 누군가가 그런 질문을 해오면 이렇게 대답을 해주곤 했었다. 없어, 나는 지금까지 어떤 여자에게도 연애를 하자며 꽃을 갖다 바치거나 치마꼬리를 붙들고 따라 다녀본 적이 없어.

그러면 사람들은 의문이 가득한 표정을 짓곤 했다. 그러면 나는 또 이렇게 부연 설명을 해주곤 했다. 나는 이미 정관을 잘라버렸어.

그것도 두 번씩이나. 그 이후, 나는 어떤 여자에게도 사랑이니 연애니 하는 그런 감정을 품어본 적이 없었어. 그런 것들은 '꿈'이 있어야 존재하는 것이니까.

*

그래, 그런 것들은 꿈이 있어야 존재하는 것이니까.

그것은 사실이었다. 지난날, 내가 아직 세상을 살아가는 방법에 무지했을 때, 추운 겨울의 시장에서 옷을 벗어 팔아야 했고, 피를 팔아야 했다. 그러니까 내 몸이 소유하고 있는 것은 무엇이든 팔아야 했다. 그것은 마치 딜(deal)*과 같은 것이었다. 그 물물교환은 아주 공평한 것이었지만, 차가웠다. 그리고 무엇인가를 교환할 것이 없을 때는 빈손이라도 내보여야 하는, 애원하는 눈빛은 갈망으로 더욱 커진다. 그런 의미에서 나는 그 피마저 팔 것이 없어졌을 때 정관을 잘라 팔아야 했다. 물론 이 하루를 살기 위해서였다.

지금도 문득 생각해보곤 한다. 그때 내가 이 세상에 팔 것이 없었다면 나는 과연 살아남았을까? 살아남을 수 있었을까? 내게도 과연 삶이 존재했을까?

정관을 잘라 파는 것, 그것은 정관수술을 의미했다. 그 정관수술을 하면 그때, 특히 빈민에게는 정부의 시책으로 소정의 수수료

―――――――
*베르나르 마리 콜테스의 희곡 「목화밭의 고독 속에서」에서 인용.

가 주어졌다. 나는 그것을 얻기 위해 두 번씩이나 병원의 수술대 위에 누웠었다. 〔훗날 내가 시인이 되었을 때, 이때의 상황을 『달은 어디에 있나』(원제『고백』)라는 소설 속에 이미 밝혔다.〕 내가 스물네 살 때였다.

그러나 세월이 지나면서 그때의 상황이, 몸뚱이 하나밖에 없는 인간이 살아가는 방법 중의 하나였던, 그 수술대 위에 누웠던 "자신의 모습"이 마치 트라우마처럼, 외상 후의 정신적 스트레스 증후군이라는 그 트라우마처럼, 때로는 자다가도 문득 가위눌리게 하는 무슨 악몽처럼, 나를 짓누르곤 했다. 흰 벽, 백열등, 하얀 가운, 번뜩이는 메스, 날카로운 국소마취의 주사바늘, 핀셋으로 하복부의 미세한 정관을 집어 올릴 때의, 전신을 번져 흐르던 전율 같은 통증, 흰 마스크로 얼굴을 가린 의사의 무표정한 눈빛….

나는 그런 기억들을 떠올릴 때마다 사람들에게 또 이렇게 말해주곤 했었다.

"그 정관수술의 칼날은 그때, 젊은 내 영혼의 목을 치고 가는 칼날이었어. 그리고 내 '꿈'의 목을 치고 가는 칼날이기도 했고."

나는 그 이야기를 아직 앳된 소녀티도 벗지 못한 것 같은 그녀에게 차마 해줄 수가 없었다. 그래서 나는 아무렇게나 퉁명스레 내뱉어주었다.

"알다시피, 나는 집도 절도 없는 떠돌이 품팔이꾼이야. 그런 것 생각할 여유가 없어. 그리고 나는 곧 이곳을 떠나야 해."

그러자 술과 약물의 효과가 나타나는지 조금은 몽롱해져 보이는 눈빛이 놀라움으로 커지면서, 그녀는 다급해하는 어조로 말했다.

"어디로 가는데요? 어디로 떠나는데요?"

나는 혼잣말이듯 중얼거렸다.

"어디든… 정해놓은 곳은 없어. 그냥, 가고 싶은 데로 떠날 거야."

그때, 한 여자가 술집으로 들어왔다. 삼십 대 초반의 창녀였다. 그 여자는 언덕길의 골목 안에 있는 여관의 전속 창녀였고, 자기의 방을 가지고 있었다. 그 방에는 부드러운 침대도 있었고 음악을 들을 수 있는 오디오와 비디오 시설까지 갖추고 있었다. 그러니까 그 창녀는 그 당시의 양동 사창가 주변에서 '첨단'으로 발전한 창녀였다. 머리카락은 노랗게 물들였고, 슬리퍼에 박힌 발톱에도 빨간 매니큐어가 칠해져 있었다. 간혹 그 창녀가 언덕길을 서성이고 있으면 어디선가 승용차가 와서 섰고, 그러면 그 창녀는 승용차를 타고 어디론가 갔다가 한참을 지나서야 돌아오곤 했다. 그 여자는 그런 단골이 있는 것을 자랑으로 여겼다. 또 그 여자는 어떨 땐 전국의 해수욕장으로 원정을 가기도 했다. 그리고 그 해수욕장이 파할 무렵이면 햇볕에 그을린 피부의 윤기를 뽐내며 언덕길가의 술집에 앉아 있기도 했다. 나는 그 창녀를 몇 년 전부터 알고 있었다. 그러니까 내가 청계천의 지게꾼일 때, 그 창녀가 전속으로 있는 여관 건물의 바로 뒤쪽에 있는 실내 포장마차 같은 술집에 앉아 있노라면 노랗게 머리카락을 염색한 그녀가 찾아들곤 했었다. 그러면서 서로 안면을 익혔고 마주치면 인사를 하는 사이가 되었다. 그런데 그 여자가 불쑥 술집으로 들어왔던 것이다.

그 창녀는 나를 보더니 어머, 오래간만이네요! 하며 반갑게 웃으면서 내 뒤의 탁자에 앉았다. 그리고 순댓국밥을 시키며, 내게 앞에 앉은 그녀가 누구냐고 묻는 시늉의 턱짓을 했다. 나는 그냥 조금 아는 사이라고, 우연히 지나가다 들린 것이라고 말해주었다. 그 창녀는 그녀쯤은 안중에도 없다는 듯 핫팬티를 입은 미끈한 다리를 꼬고 앉으며, 능숙하게 담배를 피워 물었다. 지포라이터에 양담배를 피우는 손가락의 손톱도 빨간 매니큐어가 선명하게 빛났다.

  그 여자의 등장에 그녀는 갑자기 풀이 죽었다.
  머리를 수그린 채 침울한 표정이 되었고, 말없이 침묵하며 술잔만 만지작거렸다. 그러다가 이따금 그 창녀를 부러운 듯한 눈길로 쳐다보다가 막걸리 잔을 입으로 가져가곤 했다.
  나는 그녀가 보라는 듯이 그 여자에게 친한 척을 했다. 그동안 어땠어? 재미 좀 있었어? 하는 표정을 지어 보이며 오래된 친구에게처럼 술을 권하기도 했다. 그 여자는 술은 싫다며 순대와 돼지 뼈를 우린 국물만 먹었다.
  사실 그때 나는 그 창녀에게 오래된 친구인 척 굶으로써 그녀에 대해 별로 관심이 없는 듯한 태도를 나타내 보이려고 했다. 개에게 던져지는 개뼈다귀 같을 웃음일지라도 그것을 던져주기를 바라는 그녀의 열망의 눈길 또한 무겁게 느껴졌기 때문이었다. 나는 마치 그 창녀에게 '니, 내 좋나? 좋으면 하룻밤 같이 자까?' 하듯 다정한 표정을 지어보임으로써 그녀가 내게서 눈길을 거두기를 바랐다. 그래서 일부러 그녀가 보라는 듯이 그 창녀에게 필요 이상의 친절함까지 나타냈었다. 마치 그 창녀가 내 애인이나 되는 듯이, 하룻밤의 연인이라도 되는 듯이. 그것을 보며 그녀는 거푸 술잔을 비웠고 더욱 말이 없어졌고, 더욱 침울해졌다.

허구일 뿐인, 심리적인 공간

 나는 정신을 몽롱하게 만들어주는 루미날이라는 알약과 알코올의 성분이 합쳐지면 어떤 반응을 나타내는지 잘 몰랐었다. 그러나 그 상승효과는 대략 짐작하고 있었다.
 그 반응은 갑자기 나타났다.
 내가 그 창녀에게 다정하게 굴 때마다 거푸 술잔을 비우던 그녀의 얼굴이 갑자기 핏기 하나 없이 창백해졌다. 몸속에 무거운 추라도 매달린 듯 표정이 굳어졌다. 그러다가 울컥 하고 목덜미를 꿈틀거리다가 한쪽 손으로 입을 가리고는 절룩이며 급히 바깥으로 걸어 나갔다.
 그녀는 열려 있는 술집 문밖으로 반쯤은 절룩이고 반쯤은 비틀거리며 걸어 나갔다. 그리고 술집의 문 앞에 서 있는 수양버드나무의 둥치 아래 허리를 굽히고는 토하기 시작했다. 격렬한 구토였다. 그녀는 굵은 나무둥치 아래에 머리를 기울인 채 등줄기를 꿈틀거리며 토사물을 게워냈다. 몸도 잘 가누지 못했다. 눈의 동공도 풀려 보였고 얼굴빛은 납빛으로 변했다. 그녀는 나무둥치에 손을 짚은 채 넘어질 듯 비틀거리다가 또 토했다. 누군가가 부축해주지 않으면 자신이 토해놓은 토사물 위에 쓰러질 것만 같았다.

너무도 갑작스레 일어난 그 변화를, 나는 어처구니없어 하는 눈길로 지켜보았다. 뒤에 앉아 순대를 먹던 그 창녀는 내게, 쟤 왜 저래? 하는 표정을 지어보이다가 순대 맛 다 떨어졌다는 낯빛으로 젓가락을 놓고는 술집을 나가버렸다. 주모 할머니도 혀를 끌끌 차며 나보고 어떻게 해보라는 듯한 눈빛을 보냈다.

이제 그녀는 나무둥치에 몸을 기댄 채 곧 쓰러질 듯 휘청거렸다. 난감했다. 그러나 어떻게든 해주어야 했다. 그대로 두면 자신이 토해놓은 구토물 위에 쓰러져 오물투성이가 될 것 같아, 나는 어쩔 수 없이 다가가 그녀를 부축했다. 겨드랑이 밑으로 손을 밀어넣어 상체를 내게 기대게 한 뒤, 그렇게 부축을 한 채 술집으로 들어가려다가 발걸음도 잘 떼어놓지 못하는 그녀가 술집 바닥에 쓰러져 누울 것만 같아 그곳에서 얼마 떨어져 있지 않은 그녀의 지하방으로 데려가야 했다.

그녀는 겨드랑이 밑으로 팔을 낀 채 자신의 상체를 끌어안듯 부축한 내게, 마치 젖은 빨래처럼 축 걸쳐졌다. 나는 그런 그녀를, 마치 끌듯이 부축을 하고는, 그녀가 드나들던 붉은 벽돌 건물 여인숙의 문 앞으로 걸어갔다. 잔뜩 얼굴을 찌푸린 채 질질 끌다시피 하며 그녀를 문 앞으로 데려갔다.

문 앞에 나와 손님을 끌기 위해 조그만 의자에 앉아 있던 여인숙의 늙수그레한 주인 여자는, 그런 그녀와 나를 쳐다보다가 오만상을 찌푸렸다. 나는 그런 그녀를 이번에는 업어야 했다. 그렇게 끌듯이 부축한 자세로는 도저히 지하방의 계단을 내려갈 수 없어서였다. 이번에는 나 또한 오만상을 찌푸리며 그녀를 업었다. 그리고 지하방의 계단을 내려갔다.

그녀의 지하방은 최소한의 공간에 최소한의 면적을 쪼개서 만든, 양동 빈민굴 사창가 주변의 공통적인 무허가 여인숙 방이었다.
그 방은, 창문도 없었다.
지하의 계단을 내려가면 바로 일자형의 복도가 나타나고, 다닥다닥 붙은 작은 방의 방문들이 양쪽에서 나타났다. 그 방문을 열면 이불만 깔아도 방이 꽉 차버리는, 그런 쪽방이 있었다. 그녀의 방은 복도 끝의 화장실 옆에 붙어 있었다. 방문만 닫아버리면 밀실 구조를 드러내는 그런 방이었다. 그래도 그 방에는 창녀의 방답게 붉은 꽃무늬가 있는 여름용 캐시밀론 이불이 깔려 있었고, 머리맡에는 선풍기 한 대가 놓여 있었다.
그녀는 이불 위에 신발을 신은 채 널브러졌다.
의식을 잃은 채, 완전 무방비 상태로 널브러졌다. 나는 그런 그녀를 이불 위에 뉘어놓은 채 그냥 가버릴 수도 있었다. 그러나 숙박비를 받기 위해 나를 안내한 늙수그레한 주인 여자는 술과 약물과 구토물 냄새로 범벅이 된 그녀를 보고는 곧 쫓아낼 듯 오만상을 찌푸렸기 때문에 나는 그녀와 잠을 자러 들어온 손님으로 가장을 해야 했다. 창피했지만, 어쩔 수 없는 일이었다. 나는 그녀와의 하룻밤 투숙객으로 가장을 했다.

  그녀는 호흡만 하고 있을 뿐, 완전히 인사불성인 채로 의식이 끊겨버린 듯했다. 나는 늙은 여인숙의 주인 여자에게 내가 가진 돈으로 숙박비를 계산했다. 모자라는 것이 있다면 그녀가 깨어나면 계산해줄 것이라고 말하자, 이불 더럽혀지지 않게 방을 깨끗이 써 달라며 또 오만상을 찌푸리며 가버렸다. 나는 외부의 시선에서 얼른 그녀를 감추어야 했다. 나는 방 안으로 들어가 그녀의 신발을 벗기고는, 가만히 방문을 닫았다.

  내가 그녀의 옷을 벗긴 것은 얇은 천의 원피스에 구토물이 묻어서였다. 그것은 그녀를 이불 위에 바로 눕히려다가 발견했다. 그 구토물의 얼룩은 시큼한 냄새를 풍겼다. 밀실 구조의 지하방은, 그 냄새를 발효시켰다. 그대로 두면 이불 속까지 냄새가 묻을 것 같아 원피스를 벗겨주어야 했다. 나는 그녀의 원피스를 벗겼다. 나 또한 여인숙의 늙수그레한 주인 여자처럼 얼굴을 찌푸리며, 대체 이 노릇을 어떻게 해야 하나… 망설이다가 그녀의 원피스를 벗겨주었다. 완전히 의식이 끊긴 듯한 그녀는 내 손길이 이끄는 대로 마치 두족류처럼 연체의 몸뚱이를 흐느적거렸다. 나는 이불 위에 구토물의 얼룩이 젖지 않게 조심스레 원피스를 벗겨냈다. 그러나 그 속의 흰 속치마 자락에도 구토물의 얼룩이 배어 있어, 나는 그것까지 벗겨주어야 했다.

이제 천장에 매달린 형광등 불빛 아래 팬티와 브래지어만 걸친 그녀의 반라(半裸)가 드러났다. 엉덩이 쪽에서부터 기형적으로 가늘어져 있는 한쪽 다리의 볼품없는 불구도 드러났다. 그 불구의 소아마비의 다리는 그녀의 생에 마침표처럼 매달려 있었다. 그리고 옷을 입었을 때보다 반라로 드러난 그녀의 불구는 더 앙상해 보였다. 또 가늘게 매달려 있는 한쪽 팔과 함께 그 미발육처럼 보이는 육체 또한 마찬가지였다. 어린아이의 것처럼 작아져 있는 그것은 그 전체가 '고통과 고뇌의 덩어리'처럼 보여 이제는 습관이 된 듯 나는 또 한숨을 내쉬었다. 나는 그렇게 의식이 끊긴 채 널브러져 있는 그녀를 잠시 내려다보다가, 술집에 배낭과 그녀의 돈을 두고 왔다는 것을 기억해냈다. 나는 그녀의 반라 위에 얇은 캐시밀론 이불을 덮어주고는 지하방을 나와 다시 술집으로 갔다.

그리고 술집으로 가서 배낭과 돈을 찾아 바깥으로 나온 나는, 그 돈이 그녀의 그날 밤의 숙박비일지도 모른다는 것을 생각해내고는, 다시 그 지하방으로 가서 그녀의 머리맡에 그 돈을 놓아두고는 내 잠자리인 공원의 벤치로 가야겠다고 생각했다. 나는 다시 그녀의 지하방으로 갔다.

그녀는 여전히 널브러진 모습 그대로 잠이 들어 있었다.

나는 그녀의 머리맡에 돈을 놓아두고는 방문을 닫으려다가 문득 그 방에서 잠을 자도 괜찮겠다는 생각을 했다. 그녀는 완전히 의식이 끊긴 채 잠들어 있다. 여인숙의 늙수그레한 주인 여자도 내가 그녀와 함께 잠을 자는 줄 안다. 두 사람이 자도 어차피 하룻밤의 숙박비는 마찬가지이다. 아침 일찍 그녀가 잠을 깨기 전에 그 지하방을 빠져나와버리면 그만인 것이다. 그리고 그 순간, 내가 온종일 몸살기에 시달렸다는 것을 떠올렸다. 또 바깥은 이미 어둠이 내리고 있다. 그 핑계로, 나는 오랜만에 편안히 여인숙의 방에 눕고 싶어졌다.

나는 그렇게 했다. 배낭을 벗어 발치에 두고, 나는 그 방에 누웠다. 나는 그녀에게서 뚝 떨어져 누웠다.

물론 옷도 벗지 않았다. 켜진 형광등도 그대로 두었다. 그러나 그녀와 나 사이의 거리는 손만 살짝 내밀어도, 닿는, 겨우 사람 하나 누울 자리의 공간밖에 되지 않았다. 나는 그 좁은 공간이라도 뚝 떨어져 누운 듯한 심리적인 공간을 두었다. 그것은 그녀에 대한 내 분명한 거부의 의사 표현이기도 했다.

그렇게 누워 나는 잠을 청했다. 공원의 후미진 공간의 벤치가 아무리 아늑하다고 해도, 그것은 딱딱한 나무의자일 뿐이다. 의자에 깐 신문지는 종이에 불과하다. 노숙은 쉽게 사람을 피곤하게 만든다. 그리고 나는 몸살기도 있었다. 그 몸살기에 대한 약으로 막걸리도 한 잔 마셨다. 나는 간단히 잠에 빠져들었다. 나 또한 깊게 잠에 곯아 떨어졌다.

*

그 잠결에, 누가 먼저 허구일 뿐인 그 심리적인 공간을 무너뜨렸는지 모르겠다.

아무리 뚝 떨어져 누운 듯한 심리적인 공간을 두었어도, 그 거리는 짧다. 몸만 뒤척여도 서로의 피부는 맞닿는다. 나는 젖은 솜처럼 잠에 빠져들었었고, 얼마나 오랫동안 잠들었는지도 몰랐다.

그 잠결에, 나는 그녀의 몸을 만졌고, 그녀의 성기를 만졌고, 브래지어 속에 감추어져 있는 그녀의 작은 젖가슴을 만졌다.

잠결이라도 얼핏 그녀인 것을 알았지만, 나는 그녀의 몸에서 떨어질 수가 없었다.

나는 무엇에 이끌리듯 그녀의 몸에 밀착되었고, 그녀의 몸을 만졌다. 불가항력적이라는 무책임한 말은 쓰지 않겠다. 나는 그녀의 아랫배를 만졌고, 숱은 적었지만 부드러운 그녀의 음모를 만졌다. 그녀의 몸은 따뜻했다. 잠결이었지만 나는 분명 그것을 느꼈다. 그랬다. 그 따뜻함은 불구가 아니었다. 그 따뜻함의 성기도 우스꽝스런 불구가 아니었다. 빈약했지만, 그녀의 젖가슴도 마찬가지였다. 그 미발육의 육체가 가지고 있는 따뜻함은 완전무결했다. 지금 어쩌면 그 따뜻함 때문에 불가항력적으로 그녀의 몸에 이끌렸을 것이라고 쓸 수도 있겠다. 그러니까 그 따뜻함은 한때, 내 몸이 기억하던, 따뜻함이었다. 나는 그 따뜻함을 가리고 있는 불편한 것들을 벗겼다. 내 몸의 거추장스러운 것들도 벗겨버렸다. 나는 그 따뜻함을 껴안았다. 나는 그 따뜻함과 관계를 맺었다. 그녀는 내 성기가 삽입된 자신의 성기가 어떤 고통도 참을 수 있다는 듯 눈을 꼭 감은 채, 침묵했다. 그 따뜻함 속에서 나는 경련을 일으켰고, 쾌감에 몸을 떨었다.

그 쾌감에 의해 나는 잠결에서 깨어났다.

그리고 전율하고 있는 그녀를 발견했다. 그녀는 아무것도 보지 않고 아무것도 의식하지 않겠다는 듯 눈을 꼬옥 감은 채, 외면하고 있었다.

그런 그녀를 본 순간, 나는 당황했다.

무엇이 어디서부터 잘못되었는지 분간조차 할 수 없었다. 나는 그녀에게서 황급히 몸을 떼어냈다. 형광등 불빛 아래 두 개의 발가벗은 육체가 드러났다. 하나는 우스꽝스런 불구와 더불어 술과 약물이 주는 구토로 앙상해진 나체였고, 다른 하나는 곤혹스러움과 함께 자신에 대한 수치감과 부끄러움으로 앙상해진 나체였다.

나는 우선 내 부끄러운 나체부터 가려야 했다. 나는 급히 몸을 일으켜 옷을 주워 입었다. 그리고 배낭을 무슨 혹처럼 등에 둘러메며 방문을 열고 나오려다가 그녀에게 변명처럼 말해주었다. 머리맡에 돈이 있다고. 그 돈을 전해주기 위해 들렀다가 깜빡 잠이 들어버렸다고.

그 말에 그녀는 눈을 떴고, 그제야 모든 것을 알아차린 듯 상반신을 일으켰다. 그리고 발가벗은 나신이 된 자신의 몸을 이제야 발견한 듯 이불을 끌어당겨 앞을 가리고는, 머리맡의 돈을 찾았다. 그리고 말했다. 그 돈을 나를 위해 쓰고 싶었다고. 그래서 술집의 탁자 위에 놓아둔 것이라고. 지금이라도 그 돈이 필요하면 가져가세요, 라고. 그녀는 내 얼굴을 똑바로 쳐다보지도 못한 채 더듬거리듯 말했다.

그 말을 듣는 순간, 나는 또 모든 것을 짐작할 수 있었다. 그녀는 지금 자신을 폭력으로부터 구해준 것에 대한 대가를 지불하는 외에, 자신을 강철집에서 재워준 것에 대한 고마움을 표시하는 것 외에, 그녀는 그 돈으로 나를 매수하고 싶어 한다는 것을. 그녀는 그것을 내게 알려주기 위해 술과 약물이 주는 용기에 의지해 술집을 찾아들었다는 것을. 그리고 그 모든 것이 내 애인이 되고 싶어 하는 자신의 열망의 표현이라는 것을.

  그러나 나는 그 돈에 눈길도 주지 않고 차갑게 방문을 닫았다. 주제넘은 짓 하지 말고 그 돈으로 방세 계산이나 해. 나는 그런 표정을 지어 보이며 그녀의 지하방을 빠져나와버렸다. 바깥은 이미 정오가 지나 있었다.

니, 내 좋나? 좋으면 하룻밤 같이 자까?

　기억해보면, 허구일 뿐인 그 심리적인 공간을 누가 무너뜨렸든지 간에 나는 그녀와 무척 따뜻한 성교를 했다. 그리고 지금 다시 곰곰이 생각해보면, 밀폐의 구조를 드러내는 그 지하방에 어떤 욕망이 있었다고 생각하지 않는다. 얇은 꽃무늬의 캐시밀론 이불 속에 어떤 욕정이 배어 있었다고 생각하지 않는다. 그냥 따뜻함만 있었을 뿐이었다. 그녀 또한 마치 식물처럼 얼굴 한 번 찡그리지 않고, 조그마한 거부 반응도 없이, 나의 행위에 순순히 몸을 맡겼었다. 그리고 너무도 '정상적'인 육체의 교섭을 가졌었다. 그녀는 서툴렀고, 내가 만지는 대로 반응했었다. 그래, 아무것도 보지 않고 아무것도 의식하지 않겠다는 듯 눈을 꼬옥 감고, 그렇게 순응하는 것이 그녀의 반응이었다. 그녀는 내 몸을 만질 줄도 몰랐고, 입맞춤을 할 줄도 몰랐다. 그냥 내게 가만히 몸을 맡기고 있었다. 그리고 불규칙

한 호흡만 깨물었다. 그 밤, 나는 그 수동성이 싫지 않았다. 잠결이었지만, 나는 분명 그것을 느꼈다. 그 수동성에도 불구하고 나는 무엇에 이끌리듯 그녀의 몸에 밀착되었다. 그러나 그 방을 떠나 바깥으로 나왔을 때, 나는 그것이 너무 황당하고 터무니없게 느껴졌었다. 그랬다. 그때 내겐 '정상적'이라는 것이 불구처럼 느껴졌었고, 도리어 내 의식을 절룩이게 했다.

그러나 지금 이 글을 쓰는 순간에도 나는 기억한다. 그 '따뜻함'을—. 그것은 바구니에 담겨 강물을 떠내려가는 아기를 안아 올리는 손길 같은 것이었다.* 그것은 피부의 따뜻함보다는 몸속 깊이 감추어져 있는, 그러니까 그녀 내부의 우물 속에 고여 있는 따뜻함이었다. 나는 그 우물의 물을 나중에야 발견했다. 그러나 그 우물의 물에 목을 축이기도 전에, 그녀는 떠나버렸었다. 내 곁에서 사라져버렸었다.

그리고 그때의 나는 아직, 그 따뜻함이 정박할 수 없는 모래의 인간이었다.

그리고 바깥으로 나왔을 때, 가느다란 줄기들을 머리카락처럼 늘어뜨린 수양버드나무가 줄지어 선 남산 언덕길의 돌벽을 따라 천천히 잔디공원의 벤치를 향해 걸어갈 때, "어디든… 가고 싶은 데로, 떠날 거야" 하는 내 말에 실망의 빛을 역력히 드러내던 그녀의 얼굴이, 그래, 비문증처럼 내 눈앞을 어른거렸었다. 어떤 기대감으

---

*「출애굽기」 2장 5절~6절.

로 열리던 그녀의 눈빛도 어른거렸었다.
 그러나 나는 애써 모른 체했었다. 그 고통과 고뇌의 덩어리를 외면했었다. 그리고 그 비문증마저 애써 지워버렸었다.

*

 그리고 그때까지 나는 어떤 여자에게도 꽃을 갖다 바치거나 치마꼬리를 붙들고 따라다녀 본 적이 없었다고, 이미 말했었다. 그랬다. 그때까지도 나는 그런 짓거리는 질색이었다. 사실 그때까지의 나는 마음에 드는 여자를 만나면 잔소리 빼고, "니, 내 좋나? 좋으면 우리 하룻밤 같이 자까?" 했었다. 그러면 내가 만났던 대개의 여자들은 아무렇지도 않게, 혹은 당연하다는 듯이 긍정의 웃음을 짓거나 살짝 눈을 흘기곤 했다. 그 여자들은 모두 돈이 필요했기 때문이었다.
 "니, 내 좋나? 좋으면 하룻밤 같이 자까?"
 그때의 나는 그렇게 말한 여자에게는 언제나 돈을 지불했다. 그 여자가 굳이 돈을 요구하지 않더라도, 돈을 지불하고는 했었다. 그렇게 하면 내 마음이 홀가분해졌기 때문이었다. 그리고 무엇에도 얽매이지 않는 그런 관계에 쾌감까지 느끼고는 했었다. 그러니까 그때, 내가 돈을 지불하지 않은 여자는 비록 나와 하룻밤을 같이 잤다 하더라도 내게 별 볼일 없는 여자였다. 내가 돈을 지불했다 할지라도 다음 날이면 서로가 별 볼일 없기는 마찬가지였지만.
 나는 그 여자들을 주로 술집에서 만났다. 공원을 오르는 언덕길가에 있는, 그 술집들에서였다. 그 허름한 막걸리집에는 그때까지도 소주나 막걸리를 따르는 여자들이 있었다. 그리고 전문적인 창녀도 아니면서 해만 지면 그 술집에 나타나 술을 따르는 여자들도 있었다. 간혹 그 언덕길 주변에 산재해 있는 여관이나 여인숙에서 전속으로 몸을 파는 창녀들도 심심하면 찾아들고는 했지만, 또 간혹 공원을 떠돌고 있던 여자들도 찾아들고는 했지만, 나는 눈길도 주지 않았었다. 왜냐하면 그때 내가 그 말을 하고 싶었던 여자는 창녀이건 아니건 그런 것을 떠나서 내게 그 말을 하고 싶게 하는 여자였기 때문이다. 그것은 나를 얽매이게 하지 않는 여자였다.

어쨌든 나는 그 술집에서 혼자 술을 마시다가 마음에 드는 여자를 만나면, 모든 구차한 방법과 절차가 생략된 이 말을 하곤 했었다. "니, 내 좋나? 좋으면 우리 하룻밤 같이 자까?"

이 거두절미는 또 서로에게 필요한 것이어서 전혀 거부 반응 같은 것은 나타내지 않았다. 하여튼 그렇게 서로의 의사가 확인되면 나는 주머니를 털어 술을 샀고, 그 여자에게 돈을 지불했다.

"니, 내 좋나? 좋으면 한 번 같이 자까?"

나는 그 말에 어떤 교류의 감정이나 연애의 감정 같은 이물질은 첨가하지 않았다. 나는 물물교환을 하듯, 그러니까 마치 딜(deal)을 하듯 그 말을 내밀었고, 그 여자의 몸 위에 잠깐 머무르곤 했다. 그리고 다음 날, 그 술집에서 다시 마주치더라도 나는 모른 척했었고, 그 여자도 아무 일 없었다는 듯 시침을 뚝 뗐다. 나는 이 '불문율'을 좋아했다. 다시 말하지만 나는 그때까지 어떤 여자에게도 사랑이니 연애니 하는 감정을 품어본 적이 없었다. 그래, 그런 것들은 정말 '꿈'이 있어야 존재하는 것이므로.

*

그날 밤, 나는 그녀에게 돈을 지불하지 않았다.
"니, 내 좋나? 좋으면 하룻밤 같이 자까?" 하는 말도, 하다못해 짜장면 한 그릇도 사주지 않았다. 그냥 얼떨결에, 잠결에, 그녀의 몸 위에 잠깐 머물렀을 뿐이었다.
그래도 이 '불문율'은 지켜질 것이라고 믿었다.
그때까지 내가 만났던 모든 여자들이 그랬던 것처럼—.
그러나 내 예상은 빗나갔다. 이 불문율은 지켜지지 않았다.
그날, 그녀의 지하방에서 나온 나는 잔디공원의 숲속으로 갔다. 그리고 그 숲속의 빈터에서 라면을 끓여 먹고는 또 내처 잠을 잤다. 날씨는 무더웠고, 또 아무 할 일이 없었기 때문이었다. 그 숲속의 빈터에서 나는 오후 네 시가 다 되어갈 때까지 잠을 잤다. 그리고 서둘러 일어나 일일 취업소로 가서 희망 직종에 일당 잡부라고 기입한 취업카드를 접수시키고는, 남대문시장 안의 식당으로 가 이른 저녁 식사를 하고는 다시 공원으로 오른 나는, 모처럼 만에 공중변소 뒤편의 그 후미진 벤치를 찾았다. 날씨는 여전히 무더웠고, 잔디공원의 벤치에 잠자리를 펴기에는 아직 이른 시각이었기 때문이었다.
그런데 그 벤치에 그녀는 마치 나를 기다리고 있는 것처럼 앉아 있었다. 그녀는 그 후미진 공간을 들어서는 나를 보자마자 아주 반갑게 몸을 일으켰고, 밝게 웃음을 떠올렸다. 어젯밤, 지하방에 널브러져 있던 그 '걸레 뭉치'가 아니었다. 그녀는 내가 웃음을 던져주지 않았는데도 얼굴은 이미 꽃으로 장식되어 있었다.

이 갑작스런 상황의 변화에 어떻게 대처해야 할지 몰라, 나는 머뭇거렸다.

그러나 그녀의 얼굴 표정은 그날의 하늘의 빛깔만큼이나 맑았다. 그러나 나는 갑자기 정수리로 더위가 확 끼쳐드는 느낌이었다. 그녀의 쇼트커트의 머리카락은 깨끗이 빗질이 되어 있었고, 얼굴에는 엷은 화장기까지 있었다. 맑게 가르마를 탄 머릿결에는 노랗고 작은 나비 리본 핀까지 꽂혀 있었다. 구토물로 얼룩졌던 얇은 천의 물방울무늬 원피스는 깨끗이 세탁되어 주름살 하나 없이 말끔했다. 그런 그녀의 얼굴빛은 막 목욕탕에서 나온 듯이 청결해 보였다.

나는 그 모든 치장들이 누구를 위한 것인가를 알았을 때, 몸이 돌처럼 딱딱하게 굳는 것을 느꼈다. 순간, 나는 당황했고 할 말을 잃었다. 나는 그런 순간을 마주쳐본 적도 없었고, 또 미숙했었다. 그래서 나는 더 당황했고, 그 상황을 대처할 능력이 없었다. 나는 그런 그녀를 마주친 순간, 머뭇거렸고 망설였고 어리둥절하기까지 했다. 그리고 그 순간, 나는 언제 보았냐는 듯이 냉정하게 몸을 돌리고는 말 한마디하지 않고 그 후미진 벤치의 공간을 빠져나와버렸다. 그러고는 아예 공원을 내려와버렸다. 그녀가 힘겹게 걸어 오르던 그 돌계단을 걸어 내려온 나는 서울역 뒤편에 있는 동시 상영 영화관을 찾아가 아예 스크린 속에 푹 빠져버렸다. 그래야만 온통 꽃으로 장식한 듯한 그녀의 얼굴이 지워질 것 같아서였다. 나는 냉정하게 영화 속으로 몰입해버렸고, 그 몰입은 쉽게 그녀를 잊게 해주었다. 나는 마지막 상영이 끝난 뒤 영화관을 나왔다. 나는 그 밤늦은 시각에 잔디공원으로 올라 구석진 자리의 벤치에 누웠다. 그리고 잠들어버렸다.

그러나 나는 지금도 기억한다. 내가 차갑게 몸을 돌려 그 후미진 공간을 빠져나올 때, 슬프도록 담담해 있던 그녀의 얼굴을—. 눈망울 전체가 눈물방울이 되어 굴러 떨어질 듯 참담해하던 그녀의 얼굴을—.

모래의 인간

이제 나는 그녀를 피해 다녔다.

공중변소 뒤편의 그 후미진 벤치도 내 의식 속에서 지워버렸다. 새로 잠자리를 만든 잔디공원의 벤치를 찾아갈 때에도 공원의 계단으로 올라가지 않고 높은 돌벽이 있는 언덕길을 돌아 그곳으로 가곤 했다. 나는 그녀와 마주치지 않으려고 그렇게 피해 다녔다. 그리고 그런 내 의도적인 행동이 그녀에게 분명한 거부의 의사로 비쳐지기를 바랐다.

그러나 공원의 풍경은 단순하다.

늘 똑같은 풍경과 반복해서 마주치기 때문이다. 분수대는 늘 그 자리에서 물을 뿜어 올리고, 꽃시계탑은 언제나 그 자리에 서서 시간을 가리킨다. 시멘트 광장의 동상도 늘 그 자리에 서 있다. 그러나 이 부동의 풍경은 언제나 예기치 않는 만남을 예비하고 있다.

그러니까 내가 일일 취업도 못하고 쉬는 날, 어쩌다 하오의 햇살을 피해 시멘트 광장 등나무 그늘의 벤치에라도 찾아들면, 마치 공원의 그 부동의 풍경처럼 그녀가 눈에 띄곤 했다. 그 등나무 그늘은 어린이 놀이터가 내려다보이는 광장의 한쪽 끝, 무거운 돌벽을 쌓아 만든 광장의 끝에 위치해 있어, 그곳에서 발밑을 내려다보면 어린이 놀이터 옆의 공터에 있는 사과 궤짝의 노점 좌판 앞에서 그녀가 쪼그리고 앉아 있는 모습이 눈에 띄곤 했다.

어떤 날은 낮부터 알약과 잔소주에 취해 좌판 뒤켠의 벤치에 널브러지듯 누워 있는 그녀의 모습도 눈에 띄었다. 그리고 좌판이 파할 무렵이면 혀를 끌끌 차며 그녀를 일으켜 세우는 뚱뚱한 노점 좌판 아주머니의 모습도 보이곤 했다.

또 그렇게 취한 모습으로 이 벤치 저 벤치를 옮겨 다니는 그녀도 눈에 띄었다.

마치 자포자기처럼 보이는 이 자기 방기의 모습은 너무도 초라해 보여, 그녀가 몸을 파는 창녀가 아니라 더러운 구걸꾼 여자처럼 보였다. 물방울무늬의 흰색 원피스는 누렇게 변색되어가고 있었고, 쇼트커트의 머리카락은 아무렇게나 흐트러져 보였다. 어떤 날은 영양제에 너무 취한 듯 동공이 풀린 눈빛으로 비실비실 웃음을 흘리고 있는 것도 보았다. 마치 유체가 이탈된 듯한 표정으로—.

그리고 그런 모습으로 나와 잠깐 마주친 적도 있었다. 내가 일일 취업을 끝내고 어두운 언덕길을 걸어 올라갈 때 그녀가 어떤 늙수그레한 사내와 붉은 벽돌 건물의 여인숙에서 나오다가 나와 마주친 것이었다. 그때, 그녀의 표정은 아예 의식이 지워진 듯한 멍한 눈빛을 띠었었다. 그것은 사막의 눈빛 같았다. 잿빛의 모래바람이 부는, 서걱대는 모래의 사막 같은 눈빛이었다.

 그러나 나는 알고 있었다. 그것은 그녀가 너무나 당황한 나머지 표정을 잃어버렸기 때문이라는 것을, 그리고 그 공허한 눈빛은 그 날 밤, 술과 약물과 구토물에 젖어 지하방에 널브러진 자신이 '걸레 뭉치'였다는 것을 아는, 그런 눈빛이라는 것을. 그러나 그 서걱대는 모래라도 쌓아 조그만 둥지라도 짓고 싶어 하는 눈빛이라는 것을.

 그때, 나 또한 당황한 나머지 아무런 의미도 담겨 있지 않은 눈길로 그녀의 얼굴을 잠깐 일별하고는, 모래가 스러지듯 그 자리를 비켜갔다. 그리고 등 뒤에 사구(砂丘) 하나 남기지 않았다. 그냥 빈 사막에 모래바람만 불게 했다.

 그리고 그 등나무 그늘에 앉아 간혹 그렇게 조금씩 피폐해져가는 그녀를 지켜보다가 시선을 돌려버리고는 했다. 나로서도 어쩔 수 없는 일이었기 때문이었다. 그랬다. 그때의 나는 그런 모래 인간이었다.

*

 그런 어느 날, 그녀가 보이지 않았다.

 문득 보이지 않는다고 느꼈을 때, 그녀는 이미 공원 어디에서도 보이지 않았다.

 그녀는 사과 궤짝의 노점 좌판 앞에 쪼그리고 앉아 있지도 않았고, 영양제에 취해 "짜장면 한 그릇만 사주실래요?" 하며, 이 벤치

저 벤치를 비칠거리며 돌아다니지도 않았다.

그녀는 어느 날, 그렇게 갑자기 보이지 않았다.

그러나 그런 것은 공원의 떠돌이 창녀들의 세계에서는 너무도 흔히 일어나는 일이므로, 나는 그 부재(不在)가 신경도 쓰이지 않았다. 그 창녀들은 오고 싶으면 왔고, 떠나고 싶으면 떠났다. 그 창녀들은 자신의 몸을 팔 수 있는 곳이면 어디든 훌쩍 떠났다가 돌아오곤 했다. 그리고 그런 것은 남산공원을 떠돌아다니는 창녀들에게서 뿐만 아니라, 이 공원을 떠돌아다니는 모든 부랑자들의 속성이었으므로 나는 그녀가 보이지 않는다고 느낀 그 순간부터 그녀를 잊었다. 또 그녀가 보이지 않는다는 그 느낌까지도 잊어갔다. "짜장면 한 그릇만 사주실래요?" 하는 그 말도, 그 불구의 걸음걸이까지도 잊었다.

나는 그녀를 까맣게 잊어버렸다.

겨울의 발가벗은 악기

공원이 가을로 물들기 시작하면 꽃시계탑도 가을의 꽃들로 장식되고 분수대도 한결 싱그럽게 물을 뿜어 올린다. 채색되는 나뭇잎들은 그 가을의 빛깔들로 사람들의 감정을 치장한다. 그리고 도시의 찌든 공해와 소음을 세척한다.

하오의 공원, 특히 가을밤의 공원은 산책객들로 붐빈다. 가로등이 은은히 비치는 숲길 산책로의 벤치는 데이트족들로 만원을 이룬다. 한낮의 채 식지 않은 여름의 열기와 밤의 서늘함이 교차하는 이때가 공원의 절정기인 것이다.

그러나 가을은 짧다.

변색되는 나뭇잎들은 너무도 쉽게 땅에 떨어진다.

나무들이 발가벗고 서 있기도 전에 발가벗은 나무처럼 쓸쓸해진다.

그리고 높은 산으로 이루어진 남산공원의 너무도 빨리 냉각되는 바람은, 땅에 떨어진 낙엽을 게처럼 어기적거리게 한다.

이 감각의 상실은, 곧 겨울을 예고하는 것이다.

이 예고는, 땅 위에 떨어져 게처럼 어기적거리는 낙엽을 밟으며, 내가 게처럼 어기적거리기 전에 공원을 내려가야 한다는 것을 말해 주는 것이었다.

그랬다. 공원의 너무도 빨리 냉각되는 겨울의 바람 속에서 내 자신이 차갑게 '결빙'되지 않으려면, 겨울을 날 수 있는 몇 개월 치의 방세와 그동안 굶지 않을 양식을 가지고 이 공원을 내려가야 했다. 나는 그 '동면'을 준비하기 위해, 그동안 열심히 일일 취업소의 문을 두드렸었다. 나는 이 가을이 실낱같이 남아 있을 때까지 벤치의 신세를 지다가, 이제 어쩔 수 없을 때 공원을 내려왔다.

그리고 겨울이 왔다.

나무들이 발가벗고 서 있기도 전에 게걸음을 걷던 낙엽들은 추하게 낡아갔다. 마치 이 공원의 창녀들처럼 남자들에게 눈웃음을 치기도 전에, 이미 늙어버린 것이다.

나는 공원의 노숙을 마감했다.

그리고 양동 빈민굴로 내려와 무허가 하숙집의 골방을 구했다. 골방이라지만 '사방 막힌 벽이 있고, 비바람 막아주는' 방이었다. 나는 그 골방에 배낭을 풀었다. 모처럼 만에 내 생애에서 아늑한 잠자리가 될 것 같았다.

그러나 겨울은 길다.

나는 그 긴 겨울잠을 위해 몇 개월 치의 방세를 선불했다. 라면과

쌀 몇 됫박도 미리 준비해놓았다. 나는 그 겨울이 끝날 때까지 그 골방에서 지냈다. 그 모든 것이 내가 하루치의 방세라도 아끼기 위해, 공원의 벤치에서 추워 몸을 더 이상 웅크릴 수 없을 때까지 웅크리고 있다가 내려온 덕분이었다.

내가 세든 방은 양동 골목의 끝에 있는, 외부의 한기를 막기 위해 창문이 비닐로 덮여 있는, 그 몇 겹으로 겹친 비닐 덮개로 인해 커튼을 드리우지 않아도 차광 효과를 드러내는, 좁은 복도를 가운데 두고 양쪽으로 여섯 개씩의 방이 박혀 있는, 하꼬방과 판잣집을 헐고 그 자리에 새로 지은 양동 빈민굴 사창가의 전형적인 붉은 벽돌 건물의 무허가 여인숙의 방이었다. 나는 4층 건물인 그 여인숙의 2층 복도의 맨 끝 방에 세를 들었다.

그 방의 창문을 열면 좁은 골목을 사이에 두고 허름한 식당들과 술집과 가게들이 보였고, 그 골목 끝의 약국이 있는 곳까지 뚜쟁이 여자들이 대낮에도 어두운 그림자처럼 서성이는 것이 내려다보였다. 그러나 창문을 닫으면 그 방은 이 서울에서도 따로 떨어진 섬처럼, 빈민굴 사창가라는 이 고립된 구역에서 또 고립된 공간처럼 되었다. 간혹 싸우는 소리, 무엇인가 부서지는 소리, 악다구니 소리들이 벽과 창문을 통해 스며들기도 했지만, 그 소리들은 이 서울이라는 도시의 소음이 아니라 이 도시에서도 떨어져나가 외면된 소리로 느껴졌다. 비록 그 소리의 진원지가 바로 옆방이라 하더라도 나와 무관하게 느껴졌고, 그런 여인숙의 골방에서 나는 하루하루를 보냈다.

나는 그렇게 섬처럼 고립된 방에서 배낭에 넣어 다니던 알코올버너와 코펠로 라면을 끓여 먹으며, 또 때로는 밥도 지어먹으면서 끈질기게, 그 겨울을 버텼다. 그 라면이 지겨우면 훗날 내게 「양동시편—뼈다귀집」을 쓰게 했던, 그 무허가 여인숙 건물의 1층에 있는 '뼈다귀집'을 찾아들어, 할머니가 새벽마다 남대문시장에서 구해온 돼지 뼈를 고아 만든 뼈다귀국밥으로 한 끼를 해결하곤 했다.

그리고 하루도 빠뜨리지 않고 일일 취업소를 찾아갔다. 비록 건축 공사장 같은 곳에서는 동절기의 한파를 피해 공사를 중단하고 있었지만, 그래도 나는 마치 출근부에 도장을 찍듯 일일취업카드를 접수시키곤 했다. 또 청계천의 지게꾼은 되기 싫어서였다. 그때에도 지게는 여전히 혹처럼, 등에 돈은 무슨 병소처럼 느껴져 정말 나는 다시는 지게꾼이 되기 싫었다.

그리고 일일 취업도 못하고 하루를 빈둥거려야 하는 날이면, 나는 골방의 이불 밑에 파묻혀 책을 읽거나 읽을 책이 없으면 공원의 바로 위쪽에 위치해 있는 남산도서관으로 찾아가, 정기간행물실에 앉아 그달 치의 문예지를 읽거나 대출 창구에서 시집이나 소설 같은 책을 대출받아 도서관의 구석진 자리에 앉아 종일 읽곤 했었다. 그리고 도서관을 나오면 마치 산책을 하듯 공원을 어슬렁거리다가 여인숙의 방으로 돌아오곤 했다.

그 겨울, 그렇게 도서관에 앉아 있는 것이 내 유일한 낙이었다.

그리고 보면, 나는 교도소의 감방에서도 틈만 나면 책을 읽었었다. 어쩌면 내가 일부러 죄를 지어 교도소행을 택한 것도, 사방 막힌 벽이 있고 세끼 밥이 있는 감방에서 마음 놓고 책을 읽고 싶어서였을지도 모르겠다. 섬 속의 섬처럼 고립되어 있는 감방 역시 걱정 없이 마음 놓고 책을 읽을 수 있는 시간을 내게 가져다주었었다. 물론 그때의 내겐 오랜 지게꾼 생활로 피폐해질 대로 피폐해진 몸을 추스르는 것도 급선무였지만, 그 피폐해진 시간 때문에 잃어버렸던 책을 읽고 싶다는 갈망에 어쩌면 더 목말랐을지도 모르겠다. 그 모든 것들은 죄수라는 직업만 얻으면 가능한 것이었다. 나는 감방에서도 그렇게 책을 읽었다. 그것은 그때까지도 내 가슴속에 감추어져 있던, 모든 꿈을 거세해버리고 난 뒤의 남은 내 마지막 꿈이었던, 즉 시인이 되고 싶어, 나는 그렇게 책을 읽었었다.

그리고 그때, 달팽이집처럼 등에 얹고 다니던 초록색의 배낭 속에도 시집 아니면 소설 같은, 한두 권의 책이 들어 있었다. 그러나 그녀에게도 내 마지막 꿈이 '시인'이라는 것은 내색하지 않았다. 아니, 그 어떤 누구에게도 내비치지 않았다. 그것은 나 혼자만 알고 있는, 나 혼자만의 꿈이었다. 기억해보면, 그것은 부서진 악기가 내는 음률 같은 것이었다. 그러나 나는 그 불협화음이라도 하나의 음률로서 연주하고 싶었다.

그래, 그러고 보면 그녀를 피해 새로 잠자리를 만들었던 잔디공원의 벤치에 누우면, 이 도서관이 바로 눈앞에 올려다보였다. 캄캄한 밤 아무도 없는 그 구석진 벤치에 누워 있노라면 불 켜진 도서관의 창문들이 내게도 마치 천체불멸설처럼 반짝였었다. 그리고 우울히 그 불빛들을 바라보며 그 도서관에서 마음 놓고 책을 읽을 수 있는 시간들을 상상하곤 했었다. 그래, 책도 등을 기댄 자리가 편안해야 눈에 들어오는 법이니까.

*

　겨울의 남산공원은 춥다.
　눈만 내리면 얼어붙는다. 그 빙판길 때문에 산책객들도 잘 찾아들지 않는다. 노숙을 하는 떠돌이들은 아예 눈에 띄지 않는다. 그녀가 쪼그려 앉아 있곤 하던 노점 좌판도 치워졌다.
　그런 공원은 적막하다.
　발가벗은 나무들은, 그 적막을 연주하는 부서진 악기처럼 보인다. 바람의 음률은 사납다. 난청의 대기는 오감을 얼어붙게 한다. 그런 겨울의 풍경은 그때, 내 내면의 풍경이기도 했다.
　그래도 나는 끈질기게 일일 취업소를 찾았고, 일이 없는 날이면 도서관에 앉아 책을 읽거나 겨울의 공원을 어슬렁거렸다.
　그리고 그렇게 어슬렁거리다가 공원의 언덕길을 내려오면, 그 언덕길에는 몇 명의 창녀들이 겨울 공원의 발가벗은 나무처럼 서성이고는 했었다. 그 여자들을 보면 파리나 모기가 눈앞을 어른거리는 듯한 비문증처럼 그녀가 잠깐 떠오르기도 했다. 그러나 언덕길을 내려오면 어느새 지워져버렸다.
　어떤 날은 그 언덕길가에 있는 술집들이 발걸음을 멈추게도 했지만, 나는 애써 참았다. 그 겨울 동안의 모자라는 방세가 나를 짓눌렀기 때문이었다. 나는 술집을 찾아드는 대신 간혹 골목에 있는 가게에서 소주나 막걸리 한 병을 사서 골방으로 돌아와, 마치 부서진 악기의 음률처럼 연주되는, '이렇게 살아 뭐하나…' 싶은, 그 '발작'

을 달래곤 했다. 나는 그렇게 하루하루를 죽였다.

그리고 골방이, 그 라면 껍질과 술병들의 납골당으로 변해갈 때, 봄이 왔다.

나는 정말 봄을 기다렸다. 아무리 내 생애의 불필요한 날들이 또 의미 없이 흘러가는 날이었어도, 나는 도서관에 앉아 책을 읽으며 그렇게 봄을 기다렸다.

그리고 그렇게 라면 껍질과 막걸리 병들의 두개골들이 골방을 굴러다닐 때, 봄이 왔다.

그리고 그녀 또한 내 의식 속으로 굴러들어왔다.

2부

11월의 나비는 바다 위를 난다

11월의 나비는 바다 위를 난다.
11월의 나비는 젖은 날개로 바다 위를 난다.

영화 〈노킹 온 헤븐스 도어〉의 마지막 장면에 나오는 자막이다. 어느 유명한 시의 한 구절 같은 자막을 읽는 순간, 나는 가슴이 젖어왔다. 세상에, 바다 위를 나는 나비라니! 그것도 젖은 날개로 나는 11월의 나비라니! 나는 그 쓸쓸한 이미지에 가슴이 아려왔다. 젖은 날개로 바다 위를 나는 11월의 나비가 너무도 그녀를 닮았기 때문이었다. 아니, 그녀가 그 11월의 나비를 닮았기 때문이었다. 나는 이 글을 쓰다가 잠시 쉴 즈음, 무심코 켠 텔레비전의 케이블 채널에서 이 영화를 보았고, 그 자막을 읽었다.
영화는 두 남자가 바다를 찾아가는 것으로 시작되었다.

한 남자는 골수암으로 죽어가는 시한부의 생애였고, 한 남자는 하릴없이, 아니 할 일 없이 떠도는 뇌종양의 실업자 같은 남자였다. 우연히 병원에서 만난 두 남자는 자신들 인생의 불필요한 날들을 지우기 위해 병원을 나와 길을 걸었고, 그리고 그 길은 바다를 향해 있는, 그런 로드무비였다. 그랬다. 그들은 한 번도 바다를 본 적이 없었고, (우리가 천국을 한 번도 본 적이 없듯) 그 바다를 보는 것이 시한부의 삶을 사는 사내의 꿈이었다. 곁의 한 사내는 동행한 사내의 그 꿈을 이루어주기 위해 같이 그 길을 걸었다. 그 무의미함이 자신의 생의 의미이듯.

그리고 영화는 바다를 찾아가는 길 위에서 두 사내가 맞닥뜨리는, 모순된 현실의 온갖 우여곡절이 줄거리를 이루고 있는, 그러니까 갱들과, 우연히 차 트렁크에 돈 가방이 실리고 그 강탈당한 돈 가방과 권총과 살인자가 등장하는, 그리고 긴박한 추적과 서스펜스가 있는 일종의 현대판 블랙코미디 같은 것이었다. 그러나 제목은 〈노킹 온 헤븐스 도어〉, 즉 '천국의 문을 두드리다'였다.

그랬다. 이 모순되고 오염된 현실에서 바다를 찾아가는 것이 천국의 문을 두드리는 것이었다.

바다―, 한 번도 본 적이 없는 바다를 찾아가는 길―.

그리고 그 바다를 찾아 온갖 우여곡절을 겪으며 걸어가는 것이, 바다 위를 나는 11월의 나비의 모습이었다. 젖은 날개로 혼신의 힘을 다해 파닥이며 바다 위를 나는―.

그런데 왜 하필이면 11월의 나비일까?

왜 11월의 나비는 젖은 날개로 바다 위를 날까?

그래, 그랬다. 아메리카 인디언의 세계에서는 11월은 없는 달이다. 그러니까 1월에서 12월까지의 달 속에 존재하지만, 존재하지 않는 달이다. 그러니까 그 11월은 달력 속에는 있지만 없는 달이었고, 외면된 달이었다. 분명 있지만 잊혀도 좋은, 없어져도 좋은 그런 의미의 달이었다. 그 11월의 나비라니!

나는 그 영화를 보면서, 영화의 마지막 장면에 삽입된 그 자막을 읽으면서, 다시금 그녀를 떠올렸고, 아니, 정확하게 말해 걸을 때마다 마치 지구가 기울어진 듯 절룩이는 우스꽝스러운 그녀의 불구를 떠올렸고, 그리고 그 불구는, 마치 젖은 날개로 바다 위를 나는, 그러니까 애타게, 보이지 않는, 천국의 문을 두드리는, 나비의 모습으로 비쳐졌다. 나는 그 쓸쓸함에 가슴이 젖어왔다. 그리고 다시 한 번 우울하고 쓸쓸한 눈으로 그 자막을 읽었다.

    11월의 나비는 바다 위를 난다.
    11월의 나비는 젖은 날개로 바다 위를 난다.

장식을 벗겨버린 장식

   그녀가 다시 공원에 모습을 나타낸 것은, 벚꽃이 필 무렵이었다.
공원의 돌벽 위에 개나리가 피고 화단에 심겨진 봄의 꽃들과 함께
진달래와 목련꽃이 피고, 그동안 얼어붙었던 분수대의 물이 솟구치
고, 언덕길가에 줄지어 선 수양버드나무의 가지에도 연초록의 물이
오르고, 공원 곳곳에 서 있는 벚나무의 가지에서 흰 벚꽃들이 마치
팝콘처럼 터질 때였다.
   그날, 나는 동상이 있는 광장의 등나무 아래의 벤치에 앉아 있었다.
오후였다. 그날도 나는 일찍부터 도서관의 정기간행물실에 앉아
있다가 나오는 길이었다. 햇볕은 따뜻했지만, 아직 잎이 돋지 않은
등나무 아래의 벤치는 휑댕그렁해 보였지만, 하오의 따스한 봄볕이
머물러 있는 벤치에 앉아 나는 시집을 읽고 있었다. 우연히 회현동
굴다리 밑의 헌책방을 지나다 구하게 된, 미국의 비트 시인 앨런 긴

즈버그의 「울부짖음」이라는 시가 실려 있는 시집을 손에 들고 있었다. 그 며칠 전에 구입한 조그만 시선집을 그때 나는 작업복의 바지 뒷주머니에 꽂고 다녔었다.

 나는 보았다. 광기에 의해 파괴된 세계 최고의 지성들이 발작적으로 발가벗기를 갈망하며
  새벽의 흑인의 거리에서 몸을 질질 끌며 성난 환각 주사를 찾아 헤매는 것을

이렇게 시작되는 그 시가 그때 나는 정말로 좋았다. 그리고 성난 환각 주사가 마약뿐만 아니라, 남성의 페니스를 상징한다는 것을 시의 주석을 읽으며 알았다. 그리고 나는 그때, 이 「울부짖음」이라는 시에 빗대어 이런 글귀를 상상하고 있었다. (나는 그 시구가 적힌 메모지를 얼마 전, 어느 잡지사의 원고 청탁을 받아 묵은 원고를 정리하다가 발견했다. 그 메모지에는 이렇게 쓰여 있었다.)

 나는 보았다. 양동 빈민굴의 더러운 골목에서 젖먹이가 구걸의 소도구를 연기하기 위해 일당에 팔려가는 것을
  약물에 취한 창녀가 벌거벗은 채 대낮의 길 한복판에서 발광을 하는 것을
  술 취한 부랑자들이 거지 여인을 강간하고 어두컴컴한 골목의 쓰레기통 곁에 머리를 처박은 채 꿈틀거리고 있을 때
  임신을 한 거지 여인이 출산을 위해 지하도를 내려가는 것을

술 취한 날품팔이들이 소주병을 깨어 들고 골목길을 비틀거리는 것을

그 벌거벗은 뱃가죽에서 햇살들이 붉은 혀를 날름거리는 것을

나는 보았다. 무허가 여인숙의 골방에서 알코올중독으로 죽은 지게꾼 아비의 장례를 위해

청계천의 봉제 공장에서 찾아온 어린 여공이, 그 아비의 주검을 길바닥에 내어놓고

그 무연고 행려병자의 시신을 실험용 해부실로 실어갈 앰뷸런스를 기다릴 때

그 등 뒤에서, 붉은 벽돌집에서 기어 나온 뚜쟁이들이 어둠처럼 서성이는 것을

그 그림자들이, 소녀의 야윈 몸뚱이에서 빨간 매니큐어 손톱으로 자라나는 것을

이 메모지의 글을 상상하고 있는 그때, 그렇게 등나무 그늘 아래의 벤치에 앉아 있을 때, 나는 한 여자가 광장을 걸어오는 것을 보았다.

그녀는 마치 미아처럼 시멘트 광장을 천천히 걸어왔다.

처음 나는 그녀를 못 알아볼 뻔했다. 마치 지구가 기울어진 듯 절룩이며 걷는, 그녀의 독특한 걸음걸이가 아니었다면 누구인지도 모를 뻔했다.

그녀는 낡고 후줄근한 베이지색 운동복을 입고 있었다. 그녀는 그 운동복에 얇은 실내화 같은 흰색의 운동화를 끌며 광장의 동상 앞

을 지나와, 내가 앉아 있는 등나무 아래의 벤치 쪽으로 천천히 걸어왔다.

그런데 그녀의 머리는 빡빡 깎여 있었다.

그 짧은 머리카락은 감옥의 죄수를 연상시켜 우울한 시선으로 그녀를 바라보게 했다. 그리고 그 빡빡 깎인 머리는 그녀의 불구와 더불어 그녀를 더 초라하게 느껴지게 했다. 여자의 머리카락은 장식이다. 그러나 장식을 벗겨버린 '장식'은, 그녀를 더 낯설고 그로테스크하게까지 보이게 했다.

그 빡빡 깎인 머리를 보는 순간, 나는 그녀가 왜 공원에서 자취를 감추어버렸는지 짐작할 수 있었다. 그녀는 술과 약물에 젖어 이 벤치 저 벤치를 비칠거리며 돌아다녔었다. 그 모습이 공원의 순찰 경찰관의 눈에 띄었을 것이다. 그 경찰관에 의해 그녀는 부녀보호소로 끌려갔었고, 그리고 그때, 사창가에서 불법적으로 몸을 파는 창녀들을 강제로 수용하는, 그 부녀보호소에서 나오는 길이었음을.

그녀가 입고 있는 베이지색의 운동복은 그 부녀보호소의 수용자들에게 지급하는 실내복이었으며, 또 일종의 수의(囚衣)이기도 했다. 그녀는 계절이 바뀐 탓에 입고 나올 옷이 없어 그 옷을 입고 나온 것이었다.

*

그녀와 나는 그렇게 등나무 그늘 아래의 벤치에서 다시 만났다.
그때 내가 그녀에게 아는 척을 한 것은 아마 그 '빡빡머리' 때문이었을 것이다. 그것은 아우슈비츠수용소의 유태인 여자를 연상시켰다. 그것은 내 호기심을 자극했다. 한때 나도 그런 머리의 죄수였으므로.

그리고 그 등나무 아래의 벤치에는 나 혼자뿐이었다.

그 등나무 아래의 벤치는 원래 노인들의 휴식처였다. 그러니까 할 일이 없어 공원을 찾은 노인이나 나이 든 실업자들이 그곳을 장기를 두거나 잡담으로 시간을 보내는 장소로 이용했다. 그러나 아직 잎도 피지 않아 횅댕그렁하게 보이는, 또 조금은 쌀쌀한 바람기가 남아 있는 오후여서인지 그때에는 아무도 없었다. 어쩌면 그때, 그 노인들이나 나이 든 실업자들을 찾아 그녀는 이곳으로 걸어왔는지도 모른다. 그때, 공원의 떠돌이 창녀들에게는 그들도 훌륭한 고객이었으므로.

그날, 그녀는 나와 얼굴이 마주치자 너무도 놀란 듯 눈을 동그랗게 만들며 그 자리에 멈추어 섰다.

나는 그런 그녀에게 모든 것을 모르는 척하며 지나가는 듯한 말투로 말을 건넸다.

"어디 갔다 오는 길이야? 오랜만이네!"

그러자 그녀도 엉겁결에 "어머! 안녕하셨어요?" 하며 내 건너편의 벤치에 주춤거리며 앉았다. 그런 모습을 물끄러미 지켜보던 나는 모든 것을 다 알고 있다는 투로 말해주었다.

"언제 나왔어? 도망쳤어?"

그 말에, 그녀는 숨기고 싶은 비밀을 들킨 듯 당황해하는 낯빛으로 고개를 떨구고 있다가 기어드는 듯한 목소리로 대답했다.

"아뇨… 나 같은 건 필요 없대요…."

"왜…?"

나는 의아한 표정으로 반문했고, 그녀는 자포자기한 듯한 말투로 다시 대답했다.

"저는… 재봉틀도… 미용 기술 같은 것도 배울 수 없잖아요. 포장하는 것도… 봉투 접는 것도 잘 못하잖아요… 나 같은… 병신은 필요 없대요…."

그 말에 나는 새삼 어린아이의 것처럼 가늘고 굽은 그녀의 왼쪽 팔과 손목을 쳐다보았다. 그것은 역시 그녀의 생의 마침표처럼 가냘픈 어깨에 매달려 있었다.

"나가래요. 무조건… 나가서… 무엇이든 다른 것을 해서 먹고 살래요. 또 그곳에는 방이 다 차버렸거든요."

"그러면 빨리 나오지 왜 이제 나왔어?"

"나오기 싫었어요… 그냥… 그곳에서 살고 싶었어요. 내게 도망치라고… 일부러 문을 열어주었어도, 전 도망치지 않았어요. 갈 곳이… 없어서요…."

빈민굴 사창가의 창녀들이나 떠돌이 여자 부랑자들을 전문적으로 수용하는 부녀보호소에 들어가면, 특히 불결한 여자 떠돌이 부랑자들의 머리카락은 쇼트커트로 짧게 자르곤 했다. 그것은 위생상의 문제도 있었지만, 수용된 여자들의 표식이기도 했다. 그리고 한 번 도망쳤다가 다시 붙잡혀오면 더 짧은 머리카락으로 거칠게 커트를 해버렸다. 그것은 징벌의 의미도 띠고 있었다. 그러니까 부녀보호소의 시설은 높은 담과 쇠창살은 없지만, 감방과도 같은 기능을 가지고 있었다.

그리고 그곳에서는 수용된 여자들에게 일정 기간 동안 기술을 가르쳤다. 그녀의 말대로 나가면 몸을 팔지 말고 배운 기술로 일을 해서 먹고 살라는 뜻이었다. 그러나 그녀는 불행하게도 기술을 배울 수 있는, 그 '노역'도 할 수 없었다. 그녀의 불구는 그녀에게서 노동의 기능까지 빼앗아 가버린 것이었다. 그리고 그 불구는, 그녀를 창녀들의 수용 시설에서 마저 쓸모없는 존재로 만들어버린 것이었다.

나는 다시, 그 불가항력적인 한숨을 가만히 내쉬었다.

그녀의, "부녀보호소에서 나오고 싶지 않았어요…" 하는 그 말이 내 폐부에 젖어들었기 때문이었다. 나는 그 '절망'을 알고 있었다. 나 또한 한때, 감옥의 죄수 노릇을 직업으로 삼았었다. 그때는 정말 나도 그곳에서 나오고 싶지 않았다. 세끼 밥이 있고 잠자리가 있는 그곳에서 차라리 일생을 지내고 싶었다. 내가 세상살이에 아직 미숙한 부랑자 시절이었다. 물론 그것 또한 추위와 굶주림이 가져다준 공황장애 증세였지만, 그러나 그것은 그때까지 내 의식의 끝에 꼬리표처럼 매달려 있었다.

"그런데 머리카락은 왜 그래? 왜 그렇게 빡빡 깎았어?"

그녀는 또 수치스러운 듯 한동안 머리를 떨구고 있다가 들릴 듯 말 듯 가느다란 목소리로 대답했다.

"전 아예 머리를 빡빡 깎아달라고 했어요. 그렇게 하면… 머리카락이 다 자랄 때까지… 내보내지 않거든요. 그래서 일부러 이렇게 깎아달라고 했어요."

그 말을 들은 나는 하도 어이가 없어 또 실소만 흘렸다. 그때 그녀는 부끄러운 듯한 웃음을 머금은 채 머리를 들며 되물었다.

"요즘은 일 안 하세요? 일이 없어요?"

나는 짧게 끊듯, 심드렁하게 대답해주었다.

"아직 땅이 녹지 않았잖아. 요즘도 맨날 공치는 날이라서 죽을 맛이라고!"

그녀는 걱정 가득한 낯빛을 지었다. 그러면서 말했다.

"그러면 어떻게 해요? 일 못해도 괜찮아요?"

나는 아무렇게나 다시 대답해주었다.

"죽기 아니면 까무러치기지 뭐!"

그리고 나는 벤치에서 몸을 일으켰다. 몸을 일으킬 때, 그녀에게 너, 오늘 잠잘 곳 있어? 밥은 먹었어? 하고 묻고 싶었지만, 차마 그 말은 입 밖으로 꺼내지지 않았다. "혹시 좋아하는 사람 없어요? 지금 사귀는 여자가 없냐고요?" 하고 묻던, 그 열망의 눈길이 아직도 잊히지 않아서였다. 그래서 나중에 또 봐, 하는 눈빛만 지어보이고는 등나무 아래를 빠져나오려고 할 때, 그녀는 나를 향해 마치 지푸라기라도 잡으려는 듯 너무도 절박하게 말했다.

"저… 부탁이 있어요… 죄송하지만… 약 두 알만 구해주지 않으실래요… 꼭… 갚아드릴게요… 정말이에요… 꼭 갚아드릴게요… 저는 지금… 돈이 한푼도 없어요… 다음에… 꼭 갚아드릴게요… 부탁이에요…."

그날, 나는 그녀에게 약 두 알을 구해주었다.

아니, 약 두 알을 구입할 수 있는 돈을 주었다. 그것은 거절할 수가 없었다. 그녀에게는 그날의 숙박비가 있어야 했고 또 일용할 양식도 있어야 했다. 그리고 그날은 그녀에게 너무도 '영양제'가 필요할 것이란 것은 충분히 짐작할 수 있는 것이었다.

그래, 누구나 감옥에서 나오면 바깥의 세계가 낯설게 느껴진다. '다른 세계'처럼 보이기도 한다. 현실 감각을 차단해버린, 감옥의 밀실 현상 때문이다. 그 낯선 세계로 발을 들여놓기 위해서는 용기가 필요하다. 그날, 그녀에게는 특히 그러했을 것이다. 그녀는 그 낯선 세계를 향해 "짜장면 한 그릇만 사주실래요?"라고 말해야 했기 때문이다. 그러기 위해서는 자신의 빡빡 깎인 머리와 부녀보호소에서 입고 나온 베이지색 운동복의 누추한 모습과 맨정신을 마비시킬 수 있는 '영양제'가 더욱 필요했을 것이다. 그것을 아는 나는 그녀에게 그 영양제를 구할 수 있는 돈을 주었다. 적은 액수였지만, 내가 가진 것의 마지막 일부였다. 나는 그 돈을 주었다. 그리고 등나무 아래의 벤치를 떠났다. 장사 잘 해, 그 우울한 분위기를 지우기 위해 일부러 그런 농담 섞인 눈빛을 던져주며.

그녀는 아마 그 돈을 가지고 공원 아래에 있는 약국이나 서울역 앞쪽으로 나 있는 양동 골목에서 낮 손님을 끌기 위해 서성거리는 뚜쟁이 여자들에게 찾아갈 것이었다. 그 여자들은 품 속 깊숙이 그 알약들을 숨기고는, 역 앞의 으슥한 골목에서 서성이고 있다가 그녀처럼 급한 구매자가 나타나면, 마치 극장의 암표상들처럼 비싼 값으로 팔곤 했다. 나는 그것도 알고 있었다.

나는 저만큼 광장을 걸어가다가 우울히 뒤를 돌아보았다. 그녀가 마치 뒤틀린 등나무처럼 공원 아래로 걸어 내려가는 것이 보였다.

등나무처럼… 11월의 나비처럼…

그리고 지금 이 순간, 또 문득 떠오르는 것이 있다.
그것은 한 여자가 발가벗은 채 지붕 위에 올라서 있는 모습이다. 마치 바다 위를 나는, 젖은 날개로 바다 위를 나는, 그 11월의 나비처럼—, 한 여자가 몸에 실오라기 하나 걸치지 않은 완전 나체로 양동 빈민굴 사창가의 지붕 위에 올라서 있는 모습이다. 그 기억은 지금까지도 내 뇌리 속에서 지워지지 않고 있다. 어쩌면 내면 깊숙한 곳에 화인(火印)처럼 각인되어 있는지도 모르겠다.
그 여자를 처음 보았을 때, 저렇게 발가벗은 맨발로 어떻게 지붕 위에 올라갔을까? 하는 엉뚱한 생각이 먼저 들었었다. 그 모습이 그만큼 갑작스럽고 터무니없이 느껴졌기 때문이다.
그러나 한 여자가 발가벗은 채 지붕 위에 올라서 있었다.
그런 자신을 쳐다보는 눈길 따위에는 아랑곳없이, 유방도 둔부도 거무스름한 사타구니 사이의 치모도 외부로 노출시킨 채 지붕 위에 올라서 있었다.

내가 양동에 발을 들여놓은 지 몇 년이 지난, 그러니까 청계천의 지게꾼이 된 지 몇 년이 지난 어느 날의 아침이었다.

그 이른 아침에, 아직 잠결에, 바깥의 소란스러움에 나는 눈을 떴다.

창문 밖에서 들려오는 사람들의 웅성거림 때문이었다. 나는 억지로 몸을 일으켜 이층의 창문 바깥을 내다보았다. 거기, 내가 세 들어 있는 붉은 벽돌 건물의 아래층 벽과 맞닿아 있는, 나지막한, 미음자집의 낮은 슬레이트 지붕 위에 팬티도 브래지어도 걸치지 않은, 이십대 중반쯤으로 보이는 여자 하나가 그렇게 발가벗은 채 서 있는 모습이 눈에 들어왔다. 나는 어리둥절함과 놀라움으로 눈이 커졌다. 그리고 웬 식전 댓바람부터 '지랄 스트립쇼'인가, 하는 눈길로 그녀를 내려다보았다.

그랬다, 그런 풍경은 양동 빈민굴 사창가에 살다보면 흔히 눈에 띄는 것이었다. 창녀의 신세를 비관해, 몸을 팔아야 겨우 연명하는 고통스러운 시간들을 자포자기해, 그런 암울한 현실을 벗어나고 싶은 열망에, 술에 취해 혹은 술과 약물에 취해, 마치 발작이듯 더러운 길바닥을 뒹굴며 몸부림치는 (그러고 보면 청계천에서 내가 지고 있던 지게를 벗어 돌로 내리쳐 부수어버리던 때의 내 모습과 얼마나 닮아 있는가!) 그런 지랄 스트립쇼는 양동 빈민굴 사창가에서 자주 목격되곤 하던 것이었다.

그러나 이번에는 아니었다. 그런 지랄 스트립쇼와는 달랐다.

그 여자는 몸에 실오라기 하나 걸치지 않고 발가벗고는 있었지만 울면서 몸부림을 치지도 않았고, 저 혼자 이전투구를 하며 악다구니를 하지도 않았다. 그저 멍하니, 마치 유체가 이탈된 듯한 실성한 모습으로, 넋이 나간 듯이 먼 곳만 물끄러미 응시하고 있을 뿐이었다. 양동 빈민굴의 다닥다닥 붙은 더러운 집의 지붕 너머 자신이 바라보는 그곳에, 그 먼 곳에 누가 있는 듯 그렇게 멍하니 쳐다보고 있다가 팔을 들어 누구를 부르는 듯한 시늉만 할 뿐이었다.

그랬다. 그 여자의 얼굴은 그렇게 넋이 나간 듯 무표정했다.

정말 실성을 하거나 넋을 놓은 듯 보였다. 이층에서 바라보이는 양동 빈민굴의 낮은 지붕들은 잿빛으로 보였다. 그 지붕들 너머 흐린 아침 하늘 밑의 허공 저편에 무엇이 있는지, 대체 무엇이 보이는지, 그녀는 이따금 무엇이 생각난 듯이 팔을 들어 하염없이, 라고 표현할 수밖에 없는 시선으로 그렇게 누구를 부르는 듯한 손짓만 하고 있을 뿐이었다.

그 모습이 눈에 띄었을 때, 나는 등줄기에 전율이 흐르는 듯한 느낌을 받았었다.

그렇게 발가벗은 채 지붕 위에 올라서 있는 모습 때문만이 아니라, 그 무표정한 듯한, 마치 넋이 나간 듯 실성한 듯한 그 얼굴에서, 무엇을 찾는 듯한 뜨거운, 열망의 시선을 느꼈기 때문이었다. 지금 저 여자의 머릿속에는, 내면에는 대체 무슨 생각이, 상념이, 꿈틀거리고 있는 것일까? 그리고 무엇이 그녀를 저토록 애타게 손짓하게 하는 것일까?

그런 모습을 지켜보며 그 여자가 몸을 담고 있었을 미음자집의 작은 마당이나 집 앞의 골목에서 웅성거리며 모여 있는 사람들도 놀란 듯한 눈빛을 하고 있었다. "저 여자, 이 집 색시 아냐? 어쩌다 저렇게 됐을까? 정신이 이상해진 것 같아" 하는 수군거림도 들려왔다. 그 참, 구경 좋다! 하는 낄낄거림과 차갑고 건조한 시선들도 눈에 띄었다. 그리고 얼마만큼의 시간이 흘렀을까? 그 미음자집의 주인인 듯한 사내가 마당 쪽에서 사다리를 놓고 지붕 위로 올라가는 것이 보였다. 그리고 밑에서 던져주는 담요를 받아 여자의 몸 위에 덮씌우고는 그녀를 데리고 내려갔다. 여자는 예상 외로 순순히 말 잘 듣는 아이처럼 따라 내려갔다.

그 여자가 지붕에서 사라지자 웅성거리던 사람들도 흩어졌고, 골목도 곧 조용해졌다. 언제 무슨 일이 있었냐는 듯이, 아무렇지도 않게 되었다. 나는 창문에서 눈을 떼고 다시 이불 속에 누웠다.

그런데 그 여자는 무엇을 향해 손짓을 하고 있었을까?
무엇을 그리 애타게 부르고 있었던 것일까?

그 의문은 한동안 내 뇌리 속을 맴돌았다. 그 영상은 한동안 내 머릿속에서 지워지지 않았다. 그러나 시간이 지나면서 차츰 잊혀져 갔다. 희미해져갔다. 그러나 길을 걷다가도 세수를 하다가도 일을 하다가도 이따금 문득 떠올라 나를 우울하게 만들고는 했었다. 그러나 다시 조금씩 내 기억 속에서 지워져갔다. 나도 하루하루를 살기에도 바빴기 때문이었다.

그런데 지금 이 글을 쓰는 순간, "그녀가 마치 뒤틀린 등나무처럼 공원 아래로 걸어 내려가는 것이 보였다" 하고 쓰는 순간 잊혔던 그 기억이 문득 떠오르는 것이었다. 혹시 그녀의, 지구가 기울어진 듯 몸을 절룩이며 뒤틀린 등나무처럼 걸어가는 모습과, 발가벗은 채 이른 아침의 빈민굴 지붕 위에 서서 무엇인가를 향해 애타게 손짓을 하는 그 모습이 너무도 닮아 보여서일까? 그러면 그녀의 절룩이며 걸어가는 모습 또한 누군가를 애타게 부르는, 그런 열망의 손짓은 아니었을까? 두 여자 모두 저렇게 '천국의 문'을 두드리고 있었던 것은 아니었을까? 그래, 젖은 날개로 바다 위를 나는, 11월의 나비처럼, 젖은 날개의 11월의 나비처럼.

그리고 그 며칠 후, 나는 또 문득 지붕 위의 발가벗은 그 여자를 떠올리며 「섬말시편—睡蓮에 대하여」라는 시를 한 편 썼다. 나는 지금도 수련이 핀 작은 웅덩이 같은 연못이 있는 '섬말'이라는 마을에 살고 있다. 그 시를 여기 적어보겠다.

섬말시편
—睡蓮에 대하여

1. 지붕

수면 위에 뚜벅뚜벅 드리워진 마제형(馬蹄形)의 잎이,
지붕 같다

기억은 수련 같다

몸이 연못인지, 뿌리는 연못의 진흙 속에 묻혀 있어서 인지, 들판의 갈대숲을 헤치다 만난 작은 웅덩이 같은 연못가에 앉으면, 그 기억은 수련처럼 피어오른다.
의식의 물은 흐려져도… 잠의 눈꺼풀을 열고
맑게 씻긴 듯, 피어오른다

그날, 그녀는 왜 지붕 위에 올라갔을까?

몸에 실오라기 하나 걸치지 않고 발가벗은 채, 마치 실성한 듯 지붕 위에 올라가 먼 곳을 향해 손을 흔들고 있었을까? 아직 잠이 덜 깬 양동 빈민굴의 이른 아침, 빈 허공뿐인, 흉터 같은 지붕들만 다닥다닥 붙은, 판잣집의 지붕 위에 올라서서, 도시의 석고 같은 하늘 저편을 향해, 그곳에 무엇이 있는 듯, 그 무엇을 향해 애타게 손짓을 하는 듯, 손을 흔들고 있었을까?

2. 진흙의 방

고요한 연못의 수면 위에 떠 있는 잎이, 그 지붕 같다 그 지붕 아래에는 하루를 살기 위해 몸을 팔아야 하는 몸뚱이가, 진흙의 방에 묻혀 있었을 것이다. 아직 진흙의 세계에 채 익숙해지지 못한 야윈 몸뚱이를 들고, 그녀는 얼마나 진흙밭을 헤매었을까? 진흙밭을 헤매다 얼마나 돌부리에 채이고 넘어졌을까? 넘어진 곳이 진흙 무덤이어서, 그녀는 초혼을 하듯 지붕 위로 올라간 것일까?

아마도 그녀는 어디로 기어오르는지도 모른 채 지붕 위로 올랐을 것이다.

3. 수련(水蓮)이 아니라 수련(睡蓮)이어서

그때, 그 지붕 위에서 부른 것은, 저 수련이 아니었을까?

몸은 진흙 속에 묻혀 있어도 저리도 고운 꽃을 피워 올리는, 저 수련을 향해, 그렇게 애타게 손짓을 한 것은 아니었을까?

진흙 속에 폐선처럼 박혔어도 잠의 눈꺼풀을 열고, 저리도 고운 눈빛을 밀어 올리는

물의 꽃이 아니라, 진흙의 꽃이어서

강철잎

 지금 다시 기억해보면, 나는 그때, 뒤틀린 등나무처럼 걸어가던 그녀에게 마치 농담처럼이라도 "니, 내 좋나? 좋으면 우리 하룻밤 같이 자까?" 하며 씩 웃어주었어야 했다. 왜냐하면 그녀는 그때, 너무도 그 지푸라기를 잡고 싶었을 것이므로, 갑자기 눈앞에 나타난 '낯선 세계'의 두려움을 이기기 위해서라도 그녀는 필사적으로 그 지푸라기를 잡고 싶었을 것이므로. 그래, 나는 그때 하다못해 양동의 무허가 하숙방으로라도 데려와 하룻밤이라도 재워주었어야 했다. 그래야 그녀는 또 하루를 버텨갈 용기와 희망을 얻었을 것이므로. 그러나 나는 그러지 않았다. 여전히 모르는 척 외면했고 차갑게 대했다. "니, 내 좋나? 좋으면 하룻밤 같이 자까?" 하는 말은 끝내 입 밖으로 꺼내지 않았다. 나는 그 모든 것을 알면서도 모르는 척했고, 그녀에게 알약을 구할 적은 돈을 줌으로써 그 순간을 피해갔다. 손에는 앨런 긴즈버그의 『울부짖음』이라는 시집을 들고 있었지만, 이때에도 나는 여전히 모래 인간이었다. 어떠한 것도 정박할 수 없는, 사막의 모래 인간이었다.

이제 그녀는 등나무 아래의 벤치에서 자주 목격되곤 했다.
그녀는 할 일 없는 노인들이 바둑을 두거나 장기를 두는 그곳에서 뒤틀린 등나무처럼 돌아다녔다. 어떤 날은 나이든 실업자들이 신문지 위에 막걸리 통을 놓고 벌이는 술자리에 끼어 있기도 했고, 구석진 자리에서 벌어지고 있는 윷놀이 판을 기웃거리기도 했다. 그러니까 이제 그녀는 공원에서 하릴없이 노닥거리는 비둘기 같은 존재인 그들에게 "짜장면 한 그릇만 사주실래요?" 하고 있었다.
그런 그녀의 모습은 여전히 한심스럽고 한숨이 나게 했지만, 나는 그녀의 빡빡 깎여진 머리와 후줄근한 베이지색 운동복 차림을 우울하게 지켜보며 못 본 척 비켜가곤 했다. 그래, 그 노인들이나 나이든 실업자들도 때론 호주머니 속이 두둑할 때가 있을 것이므로—. 그리고 몸을 파는 창녀에게는 고객의 나이를 따지지 않는 것 또한 불문율일 수 있을 것이므로—. 나는 다시 되도록 그녀와 마주치지 않으려고 노력하며 도서관을 오가거나 산책을 하며 공원을 어슬렁거리고는 했다.
그러나 공원의 부동의 풍경은 늘 예기치 않은 만남을 예비하고 있다고 나는 이미 말했었다.
그 며칠 후, 그녀는 내 앞에 나타났다. 꼭 갚지 않으면 안 될 빚을 갚으려는 채무자처럼, 내 앞에 나타났다.

나는 도서관에서 내려오는 길이었다. 봄날은 화창했고, 벚꽃은 만개해 있었다. 튀겨놓은 팝콘처럼 바람에 가볍게 흩어지는 하얀 꽃잎들을 보며 동상이 있는 광장을 걸어올 때였다. 그녀는 마치 기다렸다는 듯이 동상 옆에서 불쑥 나타났다. 그리고 수줍은 듯 머리를 수그린 채 그녀 특유의 미소를 떠올리며 손에 꼭 쥐고 있던 돈을 내밀었다. "고마웠어요, 정말 고마웠어요" 하며.

나는 그 돈을 잊었었다. 그 돈을 돌려받을 생각조차 하지 않았었다. 그러나 그녀는 알약을 구입하라고 준 푼돈을 갚기 위해 내 앞에 나타났고, 나는 그 '약속' 속에 그녀가 붙들고 싶은 지푸라기가 숨겨져 있을지 모른다는 것을 느끼면서도, 짐짓 그녀가 내민 돈을 못 본 척하며 농담을 해주었다.

"장사 잘 됐어? 그동안 손님 좀 있었어?"

그녀는 얼굴을 붉혔다. 데이트하러 나온 소녀처럼 부끄러워하며 얼굴을 외면했다. 나는 그런 그녀에게 좀 더 짓궂은 농담을 던졌다.

"단골들 좀 만났어? 모두들 오랜만이라고 반갑다고 안 해?"

그녀는 얼굴을 들지 못했다. 그녀는 아직 그런 대화마저 익숙하지 않았다. 창녀들의 감옥인 부녀보호소에까지 들어갔다 나온 '전과자'이면서도, 그녀는 다른 창녀들이 일상사처럼 말하는 그런 대화마저 서툴렀다.

그리고 그때는 이미 오후인데도 그녀는 술이나 영양제를 먹지 않았고, 눈동자도 풀려 있지 않았다. 넋이 나간 듯한, 유체 이탈의 표정 같은 것도 짓지 않았다. 그러나 옷차림과 머리 모양은 부녀보호소에서 나올 때의 그 모습이어서 여전히 내가 그녀를 한심스런 눈으로 쳐다보게 했다. 나는 그녀가 내민 돈을 도로 밀쳐내며 또 농담 섞인 핀잔을 던져주었다.

"너는 갈아입을 옷도 없어? 머리에 쓸 모자 같은 것도 없어? 그 모습으로 어디 장사 제대로 하겠어? 내게 갚을 돈 있으면 그 돈으로 우선 옷부터 다른 것으로 구해 입어."

그녀의 얼굴은 수치감으로 벌겋게 물들었다. 나는 그런 그녀를 그 자리에 세워두고 냉정하게 등을 돌렸다. 이번에는 뒤도 돌아보지 않았다.

그러나 그녀는 다음 날에도 여전히 베이지색의 후줄근한 운동복과 그로테스크하게까지 보이는 머리 모양으로 노인들의 휴식처인 등나무 아래의 벤치를 돌아다녔다. 그녀는 끈질기게도 그곳을 돌아다녔다. 부녀보호소에서 입고 나온 모습은, 결코 떨어지지 않을 '강철잎'처럼 그녀에게 매달려 있었다.

등나무의 푸른 그늘

  그런 어느 날, 문득 그녀가 눈에 띄지 않는다고 느꼈다.
  등나무 아래의 벤치에서 뿐만 아니라, 공원의 어디에서도 눈에 띄지 않았다. 나는 지난번처럼 그녀가 보이지 않는다고 느끼면서도 어디 다른 데서 '강철잎'처럼 매달려 있겠지, 생각했다. 그리고 곧 그 생각마저 잊었다. 역시 지난번처럼.
  그런데 며칠쯤 후, 문득 그녀가 눈에 보였다.

  이제 등나무 가지에도 푸른빛이 감돌았다. 잎이 돋아나기 시작하고 있었다. 그 잎에 의해 만들어지기 시작한 등나무 그늘에서 그녀가 보였다. 그런데 놀랍게도, 그녀는 변해 있었.
  마치 메말라버린 것같이 잿빛으로 얽혀 있는 등나무의 가지에서 푸른 잎이 돋아나는 것처럼 그녀는 변해 있었다.

그녀는 부녀보호소에서 입고 나온 그 모습이 아니었다. 아주 다른 모습으로 변해 있었다.

그녀는 긴 소매의 푸른색 스웨터에 발목까지 내려오는 주름치마를 입고 있었다. 스웨터는 두꺼운 털 스웨터였다. 회색의 주름 스커트는 순모처럼 포근해 보였고 깨끗했다. 그리고 머리에는 예쁜 눈꽃 무늬가 있는 모자를 쓰고 있었다. 스키장 같은 곳에서 쓰는 엷은 분홍빛의 눈꽃 무늬가 있는 흰색 모자였다. 그것은 그녀의 그로테스크하게까지 보이던 빡빡 깎인 머리를 폭 감싸고 있었다. 그리고 아직 어린 소녀의 모습을 나타내주었다. 그 긴 소매의 두꺼운 털 스웨터와 주름치마는 그녀의 불구를 봄의 빛깔로 가려주고 있었다.

그리고 손에는 바구니를 들고 있었다. 초록빛의 플라스틱으로 된 작은 직사각형의 뚜껑이 달린 바구니였다. 그 속에는 커피를 만들 수 있는 뜨거운 물이 담긴 보온병과 일회용 커피 팩들이 들어 있었다. 그리고 역시 일회용인 인삼차나 율무차 같은 인스턴트 차들이 담겨 있었다. 그리고 역시 일회용인 커피를 담을 종이컵들과 설탕과 프림이 담긴 비닐봉지도 들어 있었다. 그녀가 그 바구니를 들고, 그러니까 뚜껑이 있는 플라스틱 바구니의 손잡이를 어린아이의 것처럼 가늘어진 왼쪽 팔에 끼고, 그 굽어지려는 팔목을 오른쪽 손으로 꼭 쥐고 절룩이며 걸을 때면, 그 플라스틱 바구니 속에서 여러 개의 커피 스푼들이 달그락거리는 소리를 냈다.

그러니까 이제 그녀는 그 등나무 그늘의 벤치를 찾아드는 사람들에게 커피나 인삼차, 율무차 같은 차들을 팔기 시작한 것이었다. 그 등나무 그늘의 벤치에 앉아 장기를 두거나 신문을 읽거나 잡담을 하며, 또는 화투를 치거나 술내기 윷놀이를 하며 하루를 보내는 노인들이나 나이든 실업자들을 상대로 그렇게 커피 장사를 시작한 것이었다.

이 갑작스런 변화는 너무도 그녀를 새롭게 보이게 했다.
몇 년 후, 그 음침하던 양동 빈민굴 사창가가 뜯기고, 그 철거된 자리에 호화로운 힐튼 호텔이 우뚝 솟아오르던 것처럼, 그러니까 빈민굴의 창녀가 갑자기 귀부인이 된 것처럼 보였다. 그녀는 봄의 꽃들처럼 화사하게 보이기까지 했다.

그랬다. 그녀는 변화했다. 드디어 '변신'에 성공했다. 그 등나무의 푸른 그늘에서.

*

그리고 그녀는 그 등나무 그늘에만 있는 것이 아니었다.
봄의 공원을 찾아오는 산책객들이 있는 곳이면, 그녀는 어디든 나타나곤 했다. 그녀는 데이트족들이 앉아 있는 숲의 오솔길도 걷고 있었고, 심지어는 잔디공원에까지 모습을 드러내곤 했다.
"커피 드세요―. 따뜻한 인삼차도 율무차도 있어요. 달콤한 땅콩차도 있어요―."

그리고 토요일과 일요일 같은 공휴일에는 싱그럽게 물을 뿜어 올리고 있는 분수대와 팔각정을 오르는 숲길의 입구에 앉아 있기도 했다. 그녀는 그렇게 공원의 곳곳을 돌아다니며 차를 팔았다.

그 모습은 아주아주 신선하고 신기해 보이기까지 했다.

종이컵에 일회용 커피 팩을 찢어서 커피를 담고는, 고객이 원하면 프림과 설탕을 첨가하면서, 보온병에 담긴 뜨거운 물을 따라 커피를 만드는 모습은 아직은 서툴러 보였지만, 만나는 남자들에게 "짜장면 한 그릇만 사주실래요?" 하던 그 모습이 아니었다. 그리고 미리 미안해하거나 부끄러워하는 표정도 짓지 않았다. 아직은 다가갈 듯 말 듯 머뭇거리는 서투름은 남아 있었지만, 그것은 더 이상의 '비참함'은 아니었다. 고통과 고뇌의 덩어리 같은 그 모습은 온데간데없이 사라졌다. 그녀의 동그마한 얼굴에는 생기가 돌았고 밝은 미소도 떠올랐다.

그 등나무 그늘에서 처음 그런 그녀를 목격했을 때, 나는 나도 모르게 활짝 웃어주며 그녀에게로 다가갔다. 그녀는 그런 나를 향해 여전히 부끄러운 듯 미소를 숨기며, "커피 한 잔 드실래요? 제가 커피 한 잔 드리고 싶어요" 했다.

나는 아무 거리낌 없이 그 등나무 아래의 벤치에 앉아 그녀가 만들어주는 커피를 마셨다. 그리고 화사한 봄의 꽃을 바라보듯, 하르르 하르르 부드러운 궤적을 그리며 떨어져 내리는 하얀 벚꽃 잎을 바라보듯 그녀의 얼굴을 쳐다보았다. 그리고 그녀가 만들어주는 '따뜻한' 커피를 마셨다. 그리고 그 커피를 마시며 유쾌한 농담까지 건넸다.

"그런데 어떻게 커피를 팔 생각을 했어? 이런 아이디어는 어떻게 생각해냈느냐고!"

그녀는 무슨 비밀을 말하듯 눈가에 잔주름을 동그랗게 모으며 속삭이듯 말했다.

"부녀보호소에 있을 때, 어떤 언니가 가르쳐주었어요. 그 언니는 어느 유원지에서 이렇게 커피를 만들어 팔면서 잔뼈가 굵었다고 늘 자랑하곤 했거든요."

"그 옷은? 새로 산 거야? 누가 줬어?"

그녀는 살짝 눈을 흘겼다. 그리고 또 무엇이 부끄러운 듯 살풋 웃었다.

"아니에요, 제가 공장에 다닐 때, 입던 거예요. 며칠 전, 그곳에서 찾아온 거예요."

나는 또 놀랐다. 그랬다. 그녀도 한때 공장에 다녔었다. 전자 부품을 조립하는 작은 가내 공장이었다고 했다. 그 전자 부품을 조립하는 일은 숙련공이 아니어도 간단히 할 수 있는 일이어서, 그 공장은 인건비를 절약하기 위해 장애인을 주로 고용했었다고 했다. 그러나 그녀는 한쪽 손이 불구였고, 그 한쪽 손만으로는 그 간단한 부품의 조립 과정도 잘 적응하지 못했다고 했다. 그 가내 공장의 한편에서 숙식을 하며 아무리 열심히 일을 해도 자꾸만 불량품을 만들어내, 그녀 자신도 더 이상 어찌할 수가 없었다고 했다. 결국 몇 개월을 버티지 못하고 그녀는 공장을 나왔다고 했다. 그녀는 옷가지가 든 가방은 나중에 자리 잡는 대로 찾아가기로 하고, 마치 도망치듯 그 공장을 나왔었다고 했다. 그리고 이내 쓸쓸한 표정을 지으며 이런 말을 덧붙이기까지 했다.

"정말 그때에는… 휠체어를 타는, 하반신만 불구인 사람이 너무 부러웠어요…."

나는 일어섰다. 좀 더 이야기하고 싶었지만, 그녀가 커피 장사를 해야 했기 때문에 나는 일어났다. 그리고 커피값을 내밀자 그녀는 한사코 받지 않으려고 했다. 나는 억지로 작은 사각의 플라스틱 바구니에 커피값을 넣어주며 말했다.

"돈 많이 벌면, 그때 술 한잔 사. 그러면 되잖아."

그 말에, 그녀는 눈을 동그랗게 만들며 기쁜 듯 웃었다.

"정말이에요? 정말 제가 술을 사드려도 돼요? 제가 술을 사드려도 돼요?"

"그래, 다음에, 돈 많이 벌면, 그때 술 한잔 사!"

벚꽃은 팝콘처럼 터진다

봄이 깊어지면서 공원을 자주 오르지 못했다.

해빙기를 지나면서 일일 취업소의 접수창구에서 내 이름이 호명되는 날이 잦아졌기 때문이었다. 쉬는 날, 나는 어쩌다 공원을 오르곤 했다.

이제 공원의 화단은 온통 봄의 꽃들로 치장되었고, 숲의 나무들도 초록으로 물들었다. 밤의 분수대도 색색의 조명으로 채색되었고, 꽃시계탑도 화사한 봄의 꽃들로 치장되었다.

그러나 아직 벤치에서 잠을 잘 수 있는 시기는 못 되었다. 봄의 탄성처럼 피어올랐던 벚꽃들은 어느새 졌지만, 공원의 곳곳에 만개한 목련들도 굵은 꽃잎들을 뚝뚝 떨구었지만, 또 한낮의 햇살은 따가워졌지만, 밤의 기온은 아직도 쌀쌀했다. 남산 등성이에 철쭉이 타오르고 유월의 장미가 짙은 핏빛을 머금을 때, 노숙은 가능했다. 높은 산으로 이루어진 공원의 기온차 때문이었다. 그때를 기다려 나는 아파트 공사장에서 벽돌 짐을 졌고, 건물 신축 현장에서 거푸집도 지었다.

그러나 쉬는 날 도서관을 찾거나 산책을 위해 공원을 오르면 나는 지난번처럼 그녀를 피해 다니지 않았다. 저만큼 그녀를 발견하면 스스럼없이 다가가, 그녀가 만들어주는 커피나 인삼차를 마시곤 했다. 사실 나는 커피를 좋아하지 않았다. "인간은 타인의 얼굴에서 지옥을 경험한다"는 말이 있다. 물론 사르트르의 말이다. 내가 지게꾼일 때, 나는 이 말을 뼈저리게 느꼈었다. 서울 도심 곳곳에서 빌딩들이 솟구쳐 오르고, 상가 건물의 쇼윈도마다 물신들로 넘쳐나기 시작한 이 서울에서, 지게꾼은 서글픈 직업이었다. 그것은 꼭 기형적인 외계인 같은 모습이었고, 외면된 모습이었다. 그리고 타인의 얼굴에서 그 기형적인, 그로테스크하게 비친 내 모습을 발견할 때마다 수시로 반복되었던 폭음의 후유증 탓인지, 나는 그때 커피만 마시면 속이 쓰렸다. 그래도 그녀가 만들어주는 커피를 마셨고, 때로는 인삼차나 율무차를 마시기도 했다. 그리고 받지 않으려는 찻값을 억지로 쥐어주곤 했다.

나는 그녀의 변한 모습을 쳐다보는 것이 좋았다. 이제 그녀는 술도 마시지 않았고, 알약도 먹지 않았다, 나는 그 변신된 모습을 신기하게 바라보며 밝게 농담을 던져주곤 했다.

"오늘, 장사 잘 됐어? 손님 좀 있었어?"

그러면 그녀는 농담 속에 포개져 있는 의미를 눈치채고는 부끄러운 듯 얼굴을 붉히면서도, 자신도 밝게 농담을 던져오곤 했다.

"아저씨에게 술 한잔 사드릴 만큼은 팔았어요. 오늘 제가 술을 사드려요? 그렇게 해도 돼요?"

그러면 나는 못 들은 척 딴청을 부리다가 바쁜 일이 있다는 듯 그 자리에서 일어서곤 했다.

"나중에, 기회가 있겠지. 커피 많이 팔아."

그리고 뒤돌아선 나는 알고 있었다. 술을 사겠다는 그 '약속' 속에 그때까지도 버리지 못하고 감추어져 있는, 그 일말의 기대감과 열망을, 그 지푸라기를.

그래도 나는 끈질기게 모른 척, 그 '불문율'이 지켜지기를 바랐다. "니, 내 좋나? 좋으면 하룻밤 같이 자까?" 하는 그 말은 끝내 입 밖으로 꺼내지 않았다.

그런데 며칠 후, 그 등나무 그늘의 벤치로 들어선 나는 아주 난처한 순간과 맞닥뜨렸다.

나를 발견한 그녀가 무척이나 반갑게 다가오며 이렇게 외쳤기 때문이었다.

"오늘은 꼭 술 한잔을 사드리고 싶어요. 그렇게 해도 돼요? 꼭 그러고 싶어요."

나는 당황했다. 그녀와 내게 모아지는 주위의 시선도 따가웠다. 나는 얼버무리듯, 그러나 침착하게 말해주었다.

"오늘은 컨디션이 별로야. 나중에, 나중에 그렇게 해!"

그리고 나는 차갑게 뒤돌아서버렸다. 그 순간, 그녀의 얼굴에서 실망하는 빛이 역력히 드리워지는 것을 보았지만, 나는 여전히 못 본 체했다.

그러나 이제 그녀는 생기를 되찾았고, 술과 약물에 젖은 모습도 사라지고 없었다. 그녀는 정말 술과 약물을 끊었다. 또 누구에게도 "짜장면 한 그릇 사주실래요?" 하지 않았다. 나는 그 모습이 보기 좋아 공원에 오르기만 하면 그녀에게 다가가, 그 '남산다방'의 화사한 마담이 타주는 달콤한 땅콩차를 마시기도 했다.

또 그렇게 봄이 깊어지면서 그녀의 옷차림도 가벼워졌다. 두꺼운 털 스웨터를 벗고 노란 개나리빛의 티셔츠를 입었다. 주름 스커트도 벗고 엷은 잉크빛의 치마를 입었다. 머리에 쓴 스키 모자도 챙이 둥근 흰 등산모로 바뀌어 있었다. 그녀의 머리카락도 제법 자라났다. 그 희고 깨끗한 등산 모자는 봄볕으로부터 그녀의 얼굴을 밝게 가려주었다.

그래, 벚꽃은 팝콘처럼 터진다. 일순간에, 조그마한 폭죽처럼 터져 오른다.

*

그런 어느 한 날,

그래 어쩌면 그날이지 싶다. 한 화가를 만난 날이었다. 그는 이제 삼십대 중반인데도 대머리가 되어가는 머리에 둥근 베레모를 얹고 있었다. 상의로는 체크무늬가 있는 빨간 셔츠를 입었고, 하의로는 멜빵이 달린 청바지를 입었다. 그 청바지에는 잔뜩 물감을 묻히고 있었다. 그리고 왼손에는 팔레트를 들고 있었고, 오른손은 폼나게 붓을 들고 있었다. 그 화가는 그런 모습으로 캔버스 앞에 서서 그림을 그리고 있었다. 등나무 그늘의 벤치 앞에서였다.

 그날, 나는 도서관을 나와 동상이 있는 광장을 걸어왔고, 그 등나무 그늘이 있는 벤치 앞을 지나치다 그 화가를 발견했다. 특히 그 화가가 내 눈에 띈 것은 입에 물고 있는 담배 파이프 때문이었다. 그 담배 파이프는 초현실주의 화가 르네 마그리트의 〈이것은 그림이 아니다〉라는 그림 속에 나오는 그 담배 파이프와 꼭 닮은 것이었다. 그 화가는 담배를 피우지 않았는데도, 연기도 나지 않는 그 파이프를 멋지게 입에 물고 꽃피는 공원의 풍경을 그리고 있었다. 그는 풍경화를 그리면서도 깊은 고뇌의 사색에 잠겨 있는 듯한 표정을 짓고 있었다.

 그래, 나는 그 화가를 이미 알고 있었다.

 털보였다. 그러니까 내가 아직 세상살이에 미숙했던 시절 내게 정관수술대 위에 누울 수 있도록 나이를 속이는 법을 가르쳐주었고, 두 아이가 있는 가난한 가장(家長)으로 연기하는 법을 알려준, 〔내가 소설 『달은 어디에 있나』(원제 『고백』)에서 이미 밝힌〕 그 털보였다.

 한 달 전쯤, 나는 그를 만났었다.

 내가 세 들어 있던 무허가 여인숙 앞의 골목에서였다. 그는 샐러리맨들이 흔히 들고 다니는 사각의 007가방을 들고 골목길을 내려오고 있었다. 그는 깨끗한 양복에 흰 와이셔츠에 넥타이까지 매고 있었고, 구두도, 방금 닦은 듯 반짝반짝 윤이 났다. 그리고 머리에는 예의 검고 둥근 베레모를 예술가답게 얹고 있었다. (평소 그는 작업복 위에도 그 베레모를 얹고 다녔었다.)

그날, 나는 도서관도 휴관일이어서 종일 방 안에서 뒹굴다가 점심도 굶은 저녁 식사를 해결하기 위해 여인숙의 건물 1층에 있는 그 '뼈다귀집'을 찾아 슬리퍼를 끌며 2층 계단을 내려오는 길이었다. 그런데 그 계단 입구의 문 앞에서 그와 마주친 것이었다.

털보는, 나를 보자마자 대머리인 얼굴을 빛내며 활짝 웃었다.

나는 그를 몇 년 동안이나 보지 못했었다. 같은 양동에 살았지만 하는 일이 달랐기 때문이었다. 그는 주로 충무로 쪽에서 엑스트라 같은 영화사의 일을 했었고, 나는 청계천의 지게꾼이었기 때문이었다. 그리고 그의 별명은 털보였지만, 면도를 해서인지 얼굴은 턱수염 하나 없이 말끔했다. 그 뜻밖의 해후는 서로 반갑게 악수를 하게 했고, 나는 그를 뼈다귀집으로 이끌었다.

"시부랑탕, 그동안 잘 지냈어? 그동안 어디 갔었어? 통 안보이데."

그리고 뼈다귀집으로 들어서면서 그는 말을 이었다.

"요즘은 시나리오 안 써? 야, 네가 쓴 사나리오 꼭 한번 읽고 싶다. 언제 보여줄 거야?"

나는 계면쩍게 웃었다. 그랬다. 털보와 함께 엑스트라를 하던 시절, 나는 영화사 연출부에서 일을 하며 시나리오를 쓴답시고 틈만 나면 도서관을 찾곤 했었다. 털보는 그 시절을 기억하며 내게 하는 말이었다. 그리고 그때의 나는 이미 시부랑탕이 아니었다. 그 별명은 내가 지게를 지게 되면서, 그러니까 내가 흘린 땀으로 밥벌이를 하게 되면서 자연히 사라졌다. 그때의 나는 어이, 김! 아니면 김 군, 혹은 김씨가 되어 있었다.

그와 나는 뼈다귀집에 앉았다.

그리고 훗날에 쓴 시 「양동시편—뼈다귀집」에서 묘사한 "걸레 한 움큼"의 할머니에게 돼지 뼈다귀를 고아 만든 술국밥과 막걸리를 시키며 털보에게 농담조로 물었다.

"털보 형, 요즘은 뭐해? 혼자 때 빼고 광내지 말고 같이 먹고 살자고!"

그러자 털보는 사람 좋은 웃음을 흘리며 곁에 놓아둔 007가방을 식탁 위에 열었다. 그리고 그 속의 내용물을 내게 보여주었다. 나는 그 속의 내용물을 보는 순간, 너무 놀라 눈을 커다랗게 떴다. 그 속에는 갖가지의 기상천외한, 섹스 도구들이 들어 있었기 때문이었다. 그러니까 그때의 그는 섹스 도구들을 팔러 다니는 외판원, 즉 섹스 도구 세일즈맨이 되어 있었던 것이다. 그것은 이 서울이라는 도시에서 새롭게 등장한 신종 직업이었다. 즉 그는 그때, 한창 번창하기 시작한 향락 산업의 전도사가 되어 있었던 것이다. 나는 벌린 입을 다물지 못했다. 내가 그때까지 들도 보도 못한 것들이 들어 있었기 때문이었다. 그 가방 속에는 진동으로 움직이는 남성의 페니스와 도깨비 콘돔 같은, 그리고 풍선을 불면 여자 모양의 인형이 되는, 하여튼 그런 갖가지의 섹스 도구들이 들어 있었다. 그는 그것들이 담긴 가방을 들고 서울 시내의 다방이나 유흥 주점을 돌며 고객들에게 '천국으로 가는 티켓'이라고 설명하며 팔러 다닌다고 했다. 그러면서 그는 말했다.

"먹고 살만 해. 너도 생각 있으면 언제든지 말해. 이 가방을 통째로 넘겨줄 수도 있으니까!"

나는 그렇게 말한 털보를, 또 훗날 이 양동 빈민굴 사창가가 뜯기고 난 뒤 그 자리에 우뚝 솟아오른 (그러니까 빈민굴의 창녀가 갑자기 귀부인이 된 듯한) 호화로운 힐튼 호텔을 쳐다보듯 바라보았다. 그리고 그의 '변신'의 다양함에 쓴웃음을 지었다. 아직도 무엇인가로 변해야 하는 그 변신의 모습이, 여전히 고단한 그의 삶을 떠올려주었기 때문이었다. 그리고 그때 그는 두 아이의 아빠가 되어 있었다. 그는 나와 똑같이 두 번씩이나 정관수술을 해버렸는데도 두 아이의 아버지가 되어 있었다. 그는 그 양동의 뒷골목에서 팸프* 노릇을 하는 여자와 살림을 차렸다고 했다. 두 아이는 그 여자가 미리 낳은 아이들이었다.

그런데 그 털보가, 화창한 봄날의 오후, 담배 연기도 없는 파이프를 멋지게 입에 물고, 화가가 되어, 역시 지난날처럼 그림을 그리고 있었던 것이다. 그 부조화에 나는 쓴웃음을 지으며 다가갔다.
"털보 형, 아직도 낚시질하네! 지금도 뭐 좀 낚을 게 남았소?"
그 말에 털보 또한 계면쩍게 웃으며 대답했다.
"야. 시부랑탕! 낚시질은 벌써 졸업했다고! 어때? 폼 좀 나 보이지 않아? 이제 진짜 화가가 된 것처럼 보이지 않아? 나 그동안 물감 많이 풀었다고!"
나는 노인들과 산책객들이 잡담을 하거나 장기를 두고 있는 등 나무 그늘의 한편에 서서, 그 낚시질이 한때 남산공원을 떠돌아다니는 여자들을 유혹하는 도구의 역할을 했던, 그러나 여전히 조잡

---
*포주.

한 풍경화밖에 그릴 줄 모르는 화가와, 그 화가의 그림을 바라보고 있었다.

그때 문득 눈에 띄는 게 있었다. 그녀가 광장의 동상 앞을 천천히 걸어오는 것이 보였다. 그런데 그녀 곁에는 어떤 젊은 남자 하나가 같이 걸어오고 있었다. 처음 나는 그 남자가 그녀의 커피를 마시기 위해 따라오는 줄 알았다. 그러나 가만히 지켜보니 그게 아니었다. 두 사람은 전부터 아는 사이인 듯 친해 보였다. 두 사람은 친근하게 무슨 말인가를 주고받으며 같이 걸어오고 있었다. 그것을 본 나는 그림을 그리고 있는 털보에게 물었다.

"털보 형, 저 치 혹시 누군지 알아?"

그러자 털보는 잠시 물감 칠을 멈추고는 그녀와 젊은 남자를 쳐다보다가 생뚱맞다는 표정을 지었다.

"모르겠는데, 처음 보는 얼굴이야, 왜 그래? 저 친구한테 무슨 볼일이 있어?"

나는 아니라고 고개를 젓고는, "털보 형, 나중에 또 봐, 막걸리나 한 잔 하자고!" 하고 말해주고는 그 자리를 피하듯 등나무 그늘을 빠져나와버렸다. 그리고 등나무 그늘 옆에 있는 어린이 놀이터로 내려가는 계단에 서서 얼핏 뒤돌아보았을 때, 두 사람이 서로 다정한 웃음을 지으며 등나무 그늘로 들어서는 것이 보였다.

*

다음 날부터 그녀 곁에는 항상 그 젊은 남자가 붙어 있었다.

이십대 중반쯤으로 보이는, 작업복도 깨끗이 입고 머리도 단정한, 너무도 평범해 보이는 젊은 남자였다. 공원에서 흔히 눈에 띄는 부랑자풍의 떠돌이 건달 같아 보이지는 않았다. 그 젊은 남자는 그녀 곁을 마치 애인이라도 되는 듯이 따라다녔다. 그녀가 커피를 팔고 있는 동안에도 조금 떨어진 나무 그늘에 앉아 있거나 공원의 풍경을 감상하는 척하며 그녀 주변을 서성거렸다. 그러다가 보온병의 커피를 만드는 물이 떨어지면 작고 네모난 휴대용 가스레인지로 물을 끓이거나, 공원을 내려가 커피 재료 같은 것을 구입해오곤 했다. 그리고 틈만 나면 두 사람은 나무 그늘의 벤치나 풀밭에 앉아 마치 데이트를 즐기는 연인처럼 속삭이며 있곤 했다. 그 젊은 남자 앞에서의 그녀의 얼굴은 머리를 수그린 채 다가가기가 미리 부끄럽고 미안해하는, 그 특유의 미소를 머금은 그런 얼굴이 아니었다. 그녀는 행복한 듯 웃음을 떠올리고 있었고, 이제 막 사랑을 시작한 공원의 데이트족 같은 표정을 지었다.

나는 그런 모습을 몇 번이나 목격했다.

언젠가는 커피 파는 일을 끝낸 두 사람이 어둠이 내리는 저녁의 공원길을 걸어 나란히 팔짱을 끼고 가는 모습까지 보았다. 그때에는 커피를 만드는 도구와 재료가 담긴 작은 사각의 플라스틱 바구니를 그 젊은 남자가 들어주고 있었다. 그것을 보며 나는 직감했다. 그녀에게도 남자가 생긴 것을, 그녀에게도 이제 사랑하는 사람이 생긴 것을.

작업복을 입은 그 젊은 남자는 그녀의 불구쯤은 아무렇지도 않은 얼굴을 하고 있었다. 주위의 시선쯤은 아랑곳하지 않는, 그런 낯빛을 짓고 있었다. 도리어 그녀의 우스꽝스런 동작의 걸음걸이와, 그녀가 공원의 떠돌이 창녀였으므로 자신과 더 잘 어울린다는 표정을 하고 있었다.

그녀 또한 그런 남자에 대한 신뢰의 감정을, 특유의 미리 부끄럽고 미안해하는 것이 아닌 미소로 나타내는 것을 보았고, 그녀가 비로소 삶의 의미를 찾아낸 듯이 행복해하는 모습을, 나는 멀리서, 모르는 척 지나쳐주기도 하면서, 경이로운 시선으로 지켜보았다.

그래, 이제 그녀에게도 '애인'이 생겼다.

사랑하는 사람이 생겼다.

이제 나는 홀가분해졌다. 마음의 무거운 짐도 내려졌다.

어쩌다 공원에 오른 날, 처음 그 모습을 보았을 때는 어럽쇼! 저건 뭐하는 시추에이션이지? 하는 표정을 지으며 피해갔었지만, 이젠 홀가분한 기분으로 그녀와 마주칠 수 있을 것 같았다. 애인이 생겼으면 국수 한 그릇쯤 먹어야 하는 것 아냐? 하는 농담도 해줄 수 있을 것 같았다.

그러나 무엇보다도 내 마음을 홀가분하게 한 것은 이제 그녀를 의도적으로 피하지 않아도 된다는 것이었다. 일부러 먼 곳을 보며 딴청을 피우지 않아도 된다는 그것이었다. 그래, 모르는 척 언제 보았냐는 듯이, 외면을 하며 비켜가지 않아도 된다는 그것이었다.

이제 그녀 또한 그런 나에게 지푸라기라도 잡으려는 듯 다가오지 않을 것이었다. 제가 술을 사드리고 싶어요, 오늘, 그렇게 해도 돼요? 하며 더 이상 다가오지 않을 것이었다. 그리고 '강철집'에서는 언제 자요? 그곳에서 또 자고 싶어요, 하는 표정도 짓지 않을 것이었다. 그러면 나는 비가 와야 자지! 하는 표정을 보여주지 않아도 되었다. 이제 그녀는 그 모든 것은 그 젊은 남자에게 할 것이었다. 그리고 이제 그녀는 내가 던져주는 웃음을 자신의 생의 황무지에서 처음 발견한 꽃인 것처럼 황홀해하는 표정으로 받지도 않을 것이었다. 나 또한 그런 그녀의 모습을 마음의 무거운 짐을 느끼지 않고 바라볼 수 있을 것이었다. 그런 것들이 무엇보다도 내 마음을 홀가분하게 했다.
　이제, 그녀에게도 애인이 생겼다.
　사랑하는 사람이 생겼다.

　그 며칠 후, 나는 공원을 떠났다.
　배낭을 꾸려 여인숙의 방에서도 나왔다. 서울 인근에 있는 대단위 아파트 신축 공사장의 함바로 들어가기 위해서였다. 그것은 일일 취업소에서 소개해준 공사장에 일을 하러 갔다가 우연히 운 좋게도 얻어진 일자리였다. 원한다면 몇 개월 동안 계속 일을 할 수 있다는 그 매력에 끌려, 나는 가건물로 지어진 인부들의 숙소인 함바로 들어갔다. 그리고 공원에서 노숙을 할 필요도 없이, 그 여름도 끝날 때까지 그곳에서 숙식을 하며 일을 했다.

발작이라는 이름의 춤

 이제 그녀의 '꿈'에 대해 얘기해야겠다.
 나는 이 글의 앞부분에서 그녀의 꿈이 무엇인지 알고 있다고 말했었다. 〈비브르 사 비〉라는 영화의 주인공 창녀의 꿈이 "표정의 미묘한 떨림만으로 사람들의 가슴을 사로잡는 위대한 배우"가 되는 것이었듯이, 그녀에게도 꿈이 있었다. 비록 걸을 때마다 지구가 기울어진 듯 절룩이는 불구의 몸이 이루기에는 도무지 불가능한 것이었다 해도, 분명 그녀에게도 꿈이 있었다. 나는 그것을 그녀에게서 직접 들어 알고 있었다.
 그랬다. 그녀에게도 꿈이 있었다.
 나는 그것을 그녀의 입으로부터 들었었다. 물론 술과 약물에 젖어, 희미하게, 자포자기한 듯이, 가끔 냉소를 띤 듯한 어조로, 사람을 우울하게 만드는 그 자기 방기의 모습으로부터, 희멀겋게, 아무렇게나 내뱉는 듯한 말투였지만, 나는 분명히 똑똑히 들었었다.

그녀는 그 꿈을 말할 때, 순간, 희열에 젖은 듯, 마치 아프리카의 소년이 두고 온 초원을 꿈꾸듯이, 아련하고 신비로운 베일에 가린 듯한 눈빛을 만들기도 했었다. 그러나 나는 그 꿈의 실체를 듣는 순간, 또 눈앞이 막막해져왔고, 이제 습관적이 된 그 긴 한숨마저 또 내쉬어야 했다. 세상에! 제 뿌리에 도끼가 찍히는데도 아직도 손톱도 되지 못한 나뭇잎만 떨구고 있다니!

그러나 그 꿈은 너무도 기발하고 엉뚱한 데가 있어서 나를 놀라게 했다.

그래, 나는 놀랐다. 나는 털보가 007가방 안을 보여줄 때 그랬듯이, 벌린 입을 다물지 못하고 그녀를 멍하니 쳐다만 보았었다. 그리고 그 '변신'에의 꿈이, 자신의 가슴속에서 돋아난 비의 가시에 찔려 피를 흘리며 만들어낸, 자해와도 같은 자기방어의 방법이라는 것을 느꼈을 때, 일순, 그녀가 애처로워 보이기도 했고 눈물겹기도 했다.

너는, 비가 병균이라고 생각 안 해? 빗방울 하나하나가 병균이라고… 그렇게 생각해본 적은 없어?

몸속을 텅 비워버리는… 자신이 살아 있기 위해 무수한 돌연변이를 일으키는… 눈에 보이지도 만져지지도 않는… 그런 바이러스와 같은 병균….

그리고 너는 비가… 하늘에서 땅으로만 내린다고 믿고 있지?

아니야, 때로는 사람에겐 비가… 그 사람의 몸속에서도 내려… 마치 허공에서 빗방울이 떨어지듯… 그 사람의 몸속에서도 비가 내려….

그리고 그 비는… 그 사람의 몸속에서 돋아나기도 해… 마치 가시처럼….

너는… 공원의 벤치에 앉아 있다가 비를 만났을 때… 그런 것을 느껴보지 못했어?

마치 가시가 돋아나듯… 너의 가슴속에서도 비가… 돋아나는 것을 느껴보지 못했어?

그러니까… 너는… 가슴속에서 돋아난 비의 가시에 찔려…

피를 흘려본 적은 없어? 고통으로 몸부림 쳐본 적은 없어?

그리고… 몸속으로 파고든 그 바이러스에 감염돼… 가슴속이 허공처럼 텅 비워져버린 적은 없어?

빗방울 하나하나가… 그런 바이러스가 되어… 가시가 되어… 몸속으로 파고든 적은 없었어?

　그래, 그랬다. 그 '꿈'은, 그 비의 바이러스에 감염되어, 제 폐부 속에서 돋아난 비의 가시에 전신을 찔려, 피를 흘리며 고통으로 몸부림치다가 얻은, 새로운 자기 '변신'에의 의지였다. 그 돌연변이의 숙주가 고통이었다는 것도 나는 알 수 있었다. 그리고 몸뚱이 하나뿐인 인간이, 그것도 그토록 우스꽝스러운 걸음걸이의 불구인 그녀가 껴안을 수밖에 없는 '변신'이라는 것도 이해할 수 있었다. 그러나 너무 황당했고 또 암담했다. 세상에, 저것도 꿈일 수 있다니! 마치 아프리카의 소년이 두고 온 초원의 기린을 꿈꾸는 듯한, 그런 꿈일 수 있다니!
　그러나 나는 그때, 그 '변신'을 변이 유전인자에 의해 이상 진화된, 그러니까 자신의 불구 때문에 영혼이 먼저 소아마비에 걸려, 만나는 남자들마다 "짜장면 한 그릇만 사주실래요?" 해야 했던, 그 불구가 움켜쥘 수밖에 없었던 새로운 종의 돌연변이처럼 바라보았다. 그녀를 바라보는 내 시선은 차가웠지만, 그것은 연민의 눈길이었고 안타까움의 눈빛이기도 했다.
　그러나 그것은 누구도 부인 못 할, 그녀의 '꿈'이었다. 그날, 술과 약물에 젖어 비몽사몽 속을 헤매는 듯한 그녀는, 희멀겋게, 그러나 분명히 말했었다.

　"저는, 미아리 텍사스의 언니처럼 춤을 추고 싶어요."

*

저는, 미아리 텍사스의 언니처럼 춤을 추고 싶어요—.

내가 공원으로 다시 돌아온 것은, 대단위 아파트 공사장에서 일을 끝낸 3개월 후쯤이었다. 그녀에게 사랑하는 사람이 생긴, 애인이 생긴, 그 봄도 지나고 여름도 끝나가고 있을 무렵이었다.
공사장에서 일을 끝낸 나는 서울역 앞 버스정류장에서 내려, 눈앞에 바라보이는 양동의 여인숙 방에 세를 얻을까 몇 번을 망설이다가 공원으로 올랐다. 곧 다가올 겨울나기를 예비하기 위해 며칠간의 방세라도 아끼고 싶은 마음에서였다.
여름의 끝자락이라고 해도 거리의 아스팔트는 아직 맹하(孟夏)의 꼬리를 머금고 있었다. 그 여름은 몹시도 무더웠다. 그늘에 앉아 있어도 등줄기에 땀이 흐르게 하는 무더위에, 가뭄의 이중고까지 겪게 했던 여름이었다. 나는 입고 있던 작업복 자락으로 흘러내리는 얼굴의 땀을 닦으며 역 건너편의 도동삼거리를 지나 남산 언덕길을 걸어, 어린이 놀이터의 공중변소 뒤편의 벤치를 찾아들었다.
그늘에 잠긴 공중변소 뒤편의 벤치는 시원했다. 간간이 불어오는 바람에는 가을의 선선함이 묻어 있었고, 여름의 끝을 알리는 매미 울음소리도 청량했다. 아직 이른 오후의 시간이었지만, 나는 등줄기의 땀이 밴 배낭을 벗어 베개로 삼아 벤치에 길게 누웠다. 그동안 누적된 피로를 풀고 싶어서였다. 나는 달게 낮잠을 잤다. 매미 울음소리가 시끄럽게 귓전을 파고들었지만, 아주 달게 낮잠을 잤다.

늦여름 공원의 숲은 고요했고, 그리고 그 고요 속에서 잠을 깼을 때는 땅거미가 내리는 저녁이 되어 있었다.

나는 공원 아래에 있는 식당으로 가서 간단한 저녁 요기라도 하기 위해 배낭을 둘러메고 그 후미진 공간을 나와 돌계단을 걸어 내려가려 하다가, 벤치에 널브러져 있는 물체를 보았다.

나는 저게 뭐지? 하는 시선으로 그것을 바라보았다.

그런데 낯익은 검고 둥근 작은 물방울무늬 원피스가 눈에 띄었다.

나는 설마설마했다. 그러나 혹시나 싶어 사과 궤짝의 노점 좌판 뒤편에 있는 벤치로 다가갔다. 그리고 확인했다. 지난번처럼 벤치에 널브러져 있는 그녀의 모습을—.

그녀는 벤치의 바닥과 등받이가 잇대어 있는 모서리 부분에 얼굴을 박은 채, 팔과 다리는 아무렇게나 늘어뜨리고는, 마치 공원의 늙고 병든 주정뱅이처럼 잠들어 있었다. 반쯤 벌어진 입에서는 침이 흘렀고, 한쪽 신발은 벗겨져 저만치 땅바닥에 뒹굴고 있었다. 그동안 머리카락은 많이 자라 있었지만 아무렇게나 헝클어져 있어, 그녀를 더 추하게 보이게 했다. 그리고 아무리 주변을 둘러보아도 그녀가 들고 있어야 할, 커피를 만드는 도구가 담긴 작은 플라스틱 바구니는 눈에 띄지 않았다. 물방울무늬의 흰색 원피스는 지난날보다 더 누렇게 변색되어 있었다.

나는 너무도 어이가 없고 기가 막혔다.

그때의 내 생각 속에는 그녀가 살림을 차리고 있어야 했다. 그녀는 이제 스무 살이었다.

충분히 살림을 차리고 생활을 꾸릴 수가 있는 나이였다. 또 공원의 곳곳을 돌아다니며 커피를 팔아 하루하루를 이어가는 삶이지만, 어쩌면 생애 처음으로 만났을 사랑하는 사람과 가정이라는 것을 꾸미며 단란하게 살아가고 있어야 했다. 그녀에게는 '애인'이 생겼었다. 사랑하는 남자가 생겼었다. 술과 약물도 끊고 생기를 되찾고 있었다. 그리고 더 이상 "짜장면 한 그릇만 사주실래요?" 하는 말도 하지 않았었다.

나는 아파트 공사장에서 일을 하다가도, 모래자갈 질통을 지다가도 틈만 나면 그 생각을 떠올리곤 했었다. 또 일을 하다가 잠시 쉬는 사이, 또는 그날 하루의 일을 끝내고 가건물로 지은 함바에 누워 잠을 청하다가도 문득 그런 그녀의 모습을 떠올리고는 했었다.

그 생각 속에는 비록 대낮에도 불을 켜야 하는 퀴퀴한 밀실 같은 지하방이지만, 사랑하는 사람과 함께 밥상을 차리며 비로소 삶의 의미를 배워가는, 그런 그녀의 모습이 겹쳐 떠오르면서 나는 잠시나마 흐뭇하게 잠 속으로 빠져들 수가 있었다.

그런데 대체 이게 무슨 꼴이람!

나는 너무도 어이가 없고 기가 막혀 먹먹해진 시선으로 그녀를 물끄러미 내려다보다가 사과 궤짝의 노점 아주머니에게로 다가갔다.

"저 여자아이, 왜 저래요? 요즘은 커피 장사 안 해요?"

내가 그렇게 묻자, 좌판 앞에 쪼그리고 앉아 있던 뚱뚱한 노점 아주머니는 그녀가 누워 있는 벤치 쪽을 힐끗 뒤돌아보고는 지겹다는 듯이 얼굴을 찌푸리며 한마디를 툭, 내뱉었다.

"그 썩을 놈의 인간!"

그 썩을 놈, 한때는 무슨 공장의 인쇄공이었다는 젊은 녀석, 착하게 생긴 얼굴을 무슨 상표처럼 매달고 처음에는 그녀에게 간까지 빼줄 것 같은 시늉을 하면서, 취직만 하면 다 갚아준다며 갖가지 핑계로 돈을 뜯어가더니 끝내 그녀가 커피를 팔아 푼푼이 모은 몇 푼의 돈마저 긁어내 자취를 감추어버렸다는, 그 사기꾼!

"그 젊은 녀석이 사라지고 난 뒤, 커피 장사도 내팽개치고 저 모양 저 꼴이 되어 있는 저년이 미친년이지ㅡ. 그렇게 말렸는데도ㅡ. 골 빈 년!"

*

뚱뚱한 노점 아주머니는 그 말을 무슨 푸념처럼 내뱉었다.

마치 제 일인 것처럼, 그것은 자신도 겪어본 억울한, 비참한 경험이라는 듯이ㅡ. 남산공원에서 장사를 하다보면 별별 희한한 일을 다 겪는다는 듯이ㅡ.

나는 그 말을 들으며, 알 것 같았다.

그것은 나 또한 지난날부터 양동 사창가 주변에서 흔히 보아온 것들이었다. 이 양동 빈민굴로 흘러들어온 창녀들은 하나같이 가난했고, 언제나 혼자였다. 또 몸을 팔아야 하루하루를 살아가는 자신의 처지를 누구에게서도 위로받지 못했다. 그러나 창녀들은 그런 자신의 처지를 누구로부터 위로받고 사랑받기를 원했다.

그리고 그 쓸쓸함을, 절망을, 끊어야지 하면서도 끝내 끊지 못하는 그 희망을, 그러나 끝내는 그 희망의 끈마저 놓아버리는 자포자기를, 교묘히 이용하는 인간들을 너무도 흔하게 보아왔었다. 그러나 창녀들은 그것이 비록 가식이라고 하더라도 자신의 상처를 자기의 아픔처럼 위로해주는 남자에게 자신이 가진 것을 빼앗기는 줄 알면서도 자신이 가진 모든 것을 주곤 했다. 그래, 뺏기는 줄 알면서도….

그리고 그녀들은 또다시 남은 쓸쓸함을, 그 절망을, 끊어야지 하면서도 끝내 끊지 못했던, 그 끈마저 놓아버리고는 다시 그 끈을 붙들고 싶은 희망을, 대낮의 더러운 빈민굴 사창가 골목에서 팬티도 브래지어도 벗어던지고 발가벗은 채 몸부림치는, 지나가는 구경꾼들이 그 참, 구경 좋다! 낄낄거리게 하는, 또는 끌끌 혀를 차게 만드는, 그 '지랄 스트립쇼' 같은 발작의 형태로 나타내곤 했다.

그것은 그녀 또한 마찬가지였다.

그녀는 그 썩을 놈의 인간, 그 '빈대'에게 자신이 가진 것을 야금야금 뺏기는 줄 알면서도 자신이 가진 모든 것을 주고는, 껍질만 남은 빈혈의 빈사 상태가 되어 그렇게 벤치에 널브러져 있는 것임을 나는 충분히 짐작할 수 있었다.

사실, 나의 뇌리 속에는 그것에 대한 불안한 예감이 있었다. 밤의 함바에 누워, 자신의 생애에서 처음으로 사랑하는 사람과 함께 살림을 꾸리고 있을 그녀를 떠올릴 때마다, 그 불안한 예감은 스쳐가곤 했었다. 그리고 왜 결혼 안 하세요? 혹시 좋아하는 사람 없어요? 하고 물어오던 그녀의 얼굴이 겹쳐 떠오를 때마다 그 불안한 예감의 그림자는 짙어지곤 했었다.

그러나 설마… 했었다. 그 젊은 남자가 너무도 평범하게 생겨먹어, 양동 사창가 주변에서 흔히 기생하는 그런 인간 빈대로는 보이지 않았기 때문이었다. 또 비록 한때 인쇄공이었다는 그 젊은 녀석이 어쩔 수 없는 사정으로 공원을 하릴없이 빈둥거릴 수밖에 없는 처지가 되었다고 하더라도 날품팔이라도 해서, 하다못해 지하철에서 볼펜을 팔기라도 해서 같이 잘 살겠지, 그렇게 생각하며 나는 잠 속으로 빠져들곤 했었다. 그런데 대체 이게 무슨 꼬락서니람—.

나는 다시 그녀에게로 다가가 공원의 늙고 병든 주정뱅이처럼 잠든 모습을 침울하게 내려다보았다. 이제 한숨도 나지 않았다. 이제 나로서도 어찌해볼 도리가 없었다. 나는 한동안 그렇게 널브러져 있는 그녀를 지켜보다가 돌계단을 걸어 내려왔다. 그리고 근처의 식당에서 저녁 식사를 한 후 다시 돌계단을 올라왔을 때, 어두워져 있는 벤치에서 오만상을 찌푸리며 그녀를 깨우고 있는 노점 아주머니를 보았다.

나는 다시 계단을 내려와, 잔디공원의 구석진 자리에 있는 벤치를 향해 무거운 돌벽이 있는 언덕길을 천천히 걸어 올라갔다.

*

다음 날, 나는 먼발치에서 등나무 그늘의 벤치를, 어린이 놀이터의 이 벤치 저 벤치를, 비칠거리며 돌아다니고 있는 그녀를 발견했다.

지난여름과 똑같이 마치 유체가 이탈된 듯한 표정으로, 몸을 파는 창녀가 아니라 구걸을 하는 거지 여자처럼 "짜장면 한 그릇만 사주실래요?" 하고 있는, 그 치명적인 깡통을 보았다.

그것은 물구나무선 변신, 시간을 거꾸로 흐르는 변화였다. 필름을 거꾸로 돌리듯이, 이미 지나가버린 날들의 고여 있는 시간, 썩고 있는 시간으로 되돌아가 더 깊이 부패하고 있는 변화였다.

그리고 그 며칠 후, 그 치명적인 깡통이 마지막으로 찌그러져가는 것을 보았다.

그것은 이제, 더 이상 찌그러질 것이 없는 깡통이, 아무렇게나 사람들의 발밑을 굴러다니다가 마지막으로 하수구에 처박힐 때 나타내는, 소리도 파장도 없는, 마치 발작과도 같은 그 몸부림을 보았다.

*

그날, 나는 유리창을 닦았다.

광화문에 있는 7층 건물의 외벽 유리창이었다. 아파트 공사장의 함바에서 돌아온 후, 일일 취업소에서 모처럼 얻은 일자리였다.

나는 빌딩 옥상 물탱크의 굵은 배관 파이프에 단단히 밧줄을 묶고, 그 밧줄에 달린 발판에 앉아 밑으로 조금씩 하강하면서 유리창을 닦았다.

그 작업은 힘들었다. 외가닥 밧줄을 타고 유리창을 닦는 것은 쉬운 일이 아니었다. 7층 높이에서 아래를 내려다보면 까마득한 절벽처럼 현기증이 일었다. 빌딩 화단에 핀 붉은 칸나의 꽃잎들이 추락의 붉은 뇌수처럼 보였다. 나는 현기증을 느끼지 않기 위해 아래를 내려다보지 않으려고 애쓰면서 유리창을 닦았다.

유리창은 광화문네거리의 수많은 차들이 내뿜는 매연의 먼지가 만들어낸 시커먼 기름때로 찌들어 있었다. 창틀에 낀 매연의 먼지는 물걸레로는 잘 닦여지지도 않았다. 흰 분말의 화공 약품을 마른 걸레에 묻혀 매끄러운 유리의 면이 뽀드득뽀드득 소리가 나도록 문질러야 매연의 먼지는 흰 분말에 흡착되어 닦여져 나왔다.

그렇게 유리창을 닦는 일은 많은 시간을 소요시켰다. 건물 외벽의 유리창을 전부 닦았을 때는 늦은 저녁 시간이 되어 있었다.

나는 어두워지는 거리를 걸어 돌아오는 길에 남대문시장에 들러 갈아입을 속옷과 작업복을 구입했다. 창문에 묻어 있던 매연의 먼지는 작업복뿐만 아니라 속옷까지 시커멓게 더럽혔기 때문이었다.

나는 목욕탕에도 들렀다. 남대문시장 건너편에 있는 공중목욕탕이었다. 나는 짊어지고 있던 배낭이 목욕탕의 옷장 속에 들어가지 않아 카운터에 맡겨놓고 목욕을 했다. 매연의 먼지는 얼굴과 목덜미 속까지도 시커멓게 그을음을 묻혀놓았다. 그것들을 씻어내고 속옷과 작업복을 갈아입고 바깥으로 나왔을 때는 아홉시가 다 된 어두운 밤이 되어 있었다.

나는 시장기를 느꼈다. 나는 늦은 저녁 식사를 위해 공원을 오르는 언덕길의 모퉁이에 있는 그 순댓국밥집으로 들어갔다. 그리고 좁고 허름한 술청에 앉아 있을 때, 그 술청에 잇댄 방, 그러니까 국밥집의 주인 할머니가 혼자 기거하며 술방도 겸하고 있는, 그 부엌방에서 시끄러운 술꾼들의 말소리가 흘러나왔다. 그 부엌방은 방문 대신 기다란 커튼이 쳐져 있어 술꾼들의 시끄러운 소리들이 고스란히 바깥으로 흘러나왔다. 그 방 앞에는 여러 개의 신발들이 흩어져 있었다.

나는 취객들의 시끄러운 소리가 싫어 국밥집을 나오려고 했으나, 할머니가 이미 국밥을 말고 있어 그대로 앉아 있었다. 그때, 방 안에서 술을 더 주문하는 고함 소리가 들려왔고, 할머니는 국밥을 말다 말고 주전자에 막걸리를 담아 커튼을 젖히고 안으로 건네주고는 뒤돌아서며, "에이, 망종들!" 하고 혼잣말을 중얼거리며 인상을 찌푸렸다.

나는 왜 그래요? 하는 표정을 지어보이며 할머니가 건네주는 국밥을 받았다. 국밥을 먹고 있는 동안에도 부엌방에서는 계속 시끄러운 소리가 흘러나왔다. 젓가락 장단과 노랫소리도 흘러나왔다. 그 시끄러운 소리들 속에서, "야, 술만 축내지 말고 너도 노래 한 곡 불러봐!" 하는 소리도 들렸고, "전 노래는 못하는데요. 대신 춤을 춰도 돼요?" 하는 여자의 음성도 섞여 나왔다. 그러자 "뭐, 춤? 그거 좋지! 어디 한번 춰봐. 이왕이면 홀딱 벗고 기똥차게 춰봐! 팁 두둑이 줄 테니까." 하는 혀 꼬부라진 소리와 함께 왁자지껄한 웃음소리도 흘러나왔다.

나는 여자의 목소리가 무척 귀에 익다고 생각했다. 나는 국밥을 먹다 말고 부엌방 앞에 어지럽게 놓인 신발을 쳐다보았다. 여러 켤레의 신발 속에 조그만 실내화 같은 흰 운동화가 눈에 띄었다. 그것도 눈에 익은 것이었다. 그랬다. 그것은 그녀가 부녀보호소에서 신고 나온 신발이었다. 목소리도 그녀의 것이었다.

나는 숟가락을 놓았다. 그리고 몸을 일으켜 조금 틈이 열려 있는 커튼 사이로 방 안을 들여다보았다. 조그마한 방에는 네 명의 늙수그레한, 등나무 그늘의 벤치에서 술내기 윷놀이 판이나 화투판에 끼어 있던 나이든 실업자풍의 사내들이 앉아 있었고, 그 사이에 그녀가 보였다. 그런데 놀랍게도 그녀는 방 안쪽의 벽에 붙어 서서 물방울무늬의 원피스를 벗어 내리며 춤을 추듯 몸을 비비 꼬고 있었다. 그러더니 속치마마저 벗어 내려, 남은 팬티와 브래지어 차림으로, 마치 밤무대에서 스트립 춤을 추고 있는 무희 같은 흉내를 내고 있었던 것이다.

  방 안을 꽉 메운 담배 연기와 낮은 형광 불빛 아래의 그 모습은, 우스꽝스럽기도 했고 그로테스크하게 보이기까지 했다. 그것은 그녀의 불구 때문이었다. 걸을 때마다 자꾸만 뒤틀리려는 한쪽 팔목과 엉덩이 밑으로 가늘게 휘어져 있는, 그 기형의 팔과 다리 때문이었다.

  그런 그녀가, 그토록 드러내기를 주저하고 부끄러워했던 불구의 팔과 다리를 온통 드러낸 채, 화려한 무대의 조명 아래에서 뇌쇄적인 율동으로 춤을 추는 스트립 걸처럼 흐느적흐느적 몸을 흔들어 대고 있었다. 그것은 술과 약물의 상승효과가 주는 몽롱함이 빚어내는 것이 분명해 보였다. 표정 또한 유체가 이탈한 듯한 멍한 표정이었지만, 그러나 거기에는 자포자기가 아니라 스스로의 의지임이 분명해 보이는 미소 같은 것이 어려 있었다. 마치 아프리카의 소년이 두고 온 고향의 초원을 꿈꾸는 듯한 그런 표정의, 어떤 황홀함이 깃들어 있는 그런 표정이었다.

  나는 기가 막혔다. 잠깐 동안이었지만, 나는 너무도 어이없고 놀란 눈빛으로 그녀를 지켜보았었다. 내 눈에는 그것 또한 발작처럼 보였기 때문이었다. 찌그러질 대로 찌그러진 깡통이 하수구에 처박힐 때 나타내는, 소리도 파장도 없는, 끊어야지 하면서도 끝내 끊지 못하는 쓸쓸함과, 그 절망을 이겨내지 못해 대낮의 빈민굴 길 한복판에서 벌거벗은 채 뒹굴고 있던, 그 발광과도 같은 몸부림으로 보였기 때문이었다.

그것을 보며 방에서 취한 목소리 하나가 튀어나왔다.

"야, 화끈하게 빤쓰도 벗어! 빤쓰 벗고 기똥차게 한번 흔들어봐!"

그러나 그 소리가 채 끝나기도 전에 나는 커튼을 확 열어젖혔다. 그리고 신발을 신은 채로 방 안으로 걸어 들어가, 술상 앞에 앉은 사람을 성큼 건너 뛰어 그녀에게로 다가갔다. 그리고 성난 표정으로 그녀에게 옷을 입혔다. 그녀는 나와 눈길이 마주치자, 아저씨가 여기 어쩐 일이에요? 언제 왔어요? 하는 표정을 짓다가 희부옇게 웃었다. 그리고 내가 강제로 옷을 입혀주는 대로 가만히 있었다. 그때, "당신 누구야? 당신 뭐하는 거야?" 하는 소리가 등 뒤에서 들렸다. 나는 다시 성난 얼굴로 뒤돌아보았다. 그리고 지금 뭐하는 짓들이요? 이게 뭐하는 짓들인지 정말 모르겠소? 하는 표정으로 취객들을 훑어보았다. 방 안은 갑자기 조용해졌고, 그때, 국밥집의 할머니가 방 안으로 얼굴을 들이밀며 소리쳤다. "그래, 잘하는 짓이유, 빨리 옷 입혀 데리고 나가유" 했다. 그 말에 방 안의 취객들은 머쓱하게 눈을 내리깔았다. 나는 취객들 사이로 그녀를 데리고 나왔다. 나는 여전히 성난 얼굴로 그녀의 손을 잡아끌며 방을 나왔다. 그리고 탁자 위에 국밥값을 올려놓고, 배낭을 메고 그녀의 손을 잡은 채 국밥집을 나왔다.

그리고 비틀거리는 그녀를 부축해 횡단보도를 건너 맞은편에 있는 공원의 어린이 놀이터의 돌계단을 걸어 올라갔다. 그녀는 말없이 따라왔다. 지금 어디 가요? 어디 가는데요? 하는 표정도 없이, 시무룩이 머리를 수그린 채 잡힌 손이 이끄는 대로 나를 따라왔다. 나는 그 돌계단을 걸어올라 공중변소 뒤편의 그 후미진 벤치에 그녀를 앉혔다. 그녀는 여전히 시무룩하게, 말없는 표정으로 벤치에 앉았다. 나는 아무렇게나 배낭을 벗어 그녀와 나 사이의 벤치에 놓고, 그 곁에 앉았다. 어두웠지만, 발아래 빛나는 야경의 불빛으로 그녀의 얼굴이 희미하게 떠올라 보였다. 나는 여전해 성난 듯한 표정으로 그 불빛들을 내려다보며, 침묵했다.

그 침묵을 깬 것은 그녀였다. 술과 약물에 젖어 비몽사몽으로 흐느적거릴 줄 알았는데, 의외로 그녀의 발음은 또록또록했다.

"아저씨는 언제 왔어요? 이곳에서 떠났잖아요? 근데 언제 오셨어요?"

그러면서 그녀는 여전히 시무룩이 웃었다. 그리고 말을 이었다.

"그런데 아저씨는 저에게 왜 이래요? 제가 아저씨한테 무슨 관계가 돼요? 무슨 관계가 있어요?"

나는 서글프게, 그리고 먹먹해진 시선으로 그녀를 쳐다보았다. 그녀도 그런 내 눈빛을 피하지 않고 오도카니 마주 쳐다보았다. 나는 또 새어나오려는 한숨을 애써 삼키며 그녀에게 말했다.

"너 왜 이래? 전에는 안 그랬잖아? 커피를 팔며… 잘 지냈잖아! 그런데 왜 이래? 왜 이렇게 변했어?"

그녀는 또 시무룩이 웃음을 머금었다. 그리고 무엇엔가 술주정을 하듯 말했다.

"내 말은요… 아저씨는… 왜 제 일에 상관하느냐고요… 아저씨와… 저는, 아무 상관없는 사이, 아니에요? 그런데 왜 그래요? 남의 일에 왜 상관하느냐고요?"

나는 할 말이 없었다. 나는 또 침묵했다. 그녀도 말이 없어졌다. 그녀 또한 말없이 발아래 엎드린 집들의 불빛만 바라보았고, 나는 그 불빛을 여전히 먹먹하고 답답한 심정으로 바라보았다. 그 먹먹하고 답답해진 심정 속에서 무엇인가 할 말이 있을 것 같은데 얼른 말이 되어 나오지 않았다. 그저 더 막막하고 답답한 심정만 자꾸 차오를 뿐이었다.

나는 무엇인가 말해줄 것이 있을 것 같은 그 말을 기억해내려는 듯, 발아래 빛나는 야경의 불빛에 비친 그녀의 옆얼굴을 잠깐 일별했고, 그녀도 그런 내 눈길을 의식했는지 묵묵히 고개를 수그렸다. 그때 나는 지금 생각해도 뜬금없는, 아무런 의미도 담겨 있지 않은 것 같은, 우리 같은 떠돌이의 생들에게는 거의 금기시된 질문이나 다름없는, 그런 물음을 불쑥 물었다. 마치 오래전부터 생각하고 있었던 것처럼, 내 무의식 속에 오랫동안 그림자를 드리우고 있었던 것처럼 그녀에게 불쑥 물었다.

"너는, 너는 혹시 꿈같은 것은 없어? 앞으로… 무엇이 되고 싶다는, 무엇인가를 해보고 싶다는, 그런… 꿈같은 것은 없어?"

그때, 그녀는 무척 낯설고 생소한 곳에 발을 들여놓은 듯한 눈빛을 했다. 그리고 꿈이요? 하고 반문하듯 내 얼굴을 잠깐 쳐다보았었다. 그리고 무슨 한심하고 어처구니없는 소리냐는 눈빛으로 몇 번 눈을 깜박였다. 그리고 자존심을 상했는지 눈살을 조금 찌푸렸다가 무엇인가를 곰곰이 생각해보는 듯한 낯빛을 지었다. 나는 그 낯빛을 향해 다시 말했다.

"그래, 꿈. 혹시 너는 그런 꿈 같은 것은 없어? 그런 것을 생각해본 적은 없느냐고?"

그때 그녀는, 조금은 가라앉은 어조로, 무엇인가에 반항을 하듯이, 또 조금은 화가 난 듯한 표정이 되어, 또 약간은 냉소가 섞인 말투로, 마치 혼잣말을 하듯 중얼거렸다.

"저는 미아리 텍사스의 언니들 같은 그런 춤을 추는 여자가 되고 싶어요. 그래요. 저는 그런 춤을 추는 여자가 되고 싶어요."

*

지금은 대추야자씨가 익는 아름다운 시절
추락하는 이들마다 날개가 달렸네요…

이 글은 독일의 여성 시인 '잉게보르크 바하만'의 「놀이는 끝났다」라는 시에 나오는 시구이다. 나는 이 시를 나중에 읽었다. 그러나 그때 그녀의 말을 이 추락하는 이들의 날개로 바라보았어야 했다. 그래, 추락하는 것들도 꿈은 있을 것이므로ㅡ. 바닥에 닿아 부서지기 전에 마지막으로 날아오르고 싶은 꿈이 있을 것이므로ㅡ. 그러나 나는 그러지 못했다. 나는 그때, 뭐? 추락하는 것도 날개가 있다고? 하는 너무도 즉물적인 시선으로 그녀를 바라보았었다. 그

발작이라는 이름의 춤 189

래, 너무도 차갑고 일상화된 그런 시선으로….

　세상에! 미아리 텍사스의 여자들 같은, 그런 춤을 추는 여자가 되고 싶다니!
　그런 춤을 추는 몸을 갖고 싶다니!

　지금 기억해보면, 그때 나는 그렇게 반문하는 표정이었다. 그녀의 말이 마치 "나는 담배를 피우는 성기를 갖고 싶어요"라는 말과 같은 뜻으로 들렸기 때문이었다. 나는 너무도 어처구니없고 한심스러워 뜨악해진 눈빛으로 그녀를 쳐다보았었다. 왜냐하면 그때의 그녀의 말은 꼭 무슨 종(種)의 돌연변이처럼 느껴졌기 때문이었다. 그러니까 훗날 내가 쓴 시「짜장면 한 그릇만 사주실래요?」에 표현된 시구처럼, 어떤 변이 유전인자에 의한 이상 진화처럼 보였기 때문이었다. 그래, 자신의 불구 때문에 영혼이 먼저 소아마비에 걸린, 그런 종의 돌연변이처럼 비쳐졌기 때문이었다. 그래서 나는 무슨 이물질을 바라보듯 그녀를 바라보았었다. 세상에! 하고 많은 꿈 중에서 미아리 텍사스의 여자들같이 춤을 추는 여자가 되고 싶다니!
　그리고 그렇게 말한 그녀는 그 말을 끝내놓고 나서야 무엇인가 조금 부끄러운 듯, 민망한 듯, 내게 그 표정을 들키지 않으려는 듯, 고개를 더 깊이 수그린 채 미동도 않고 가만히 있었다.
　나는 그런 그녀를 물끄러미 쳐다보며 어렴풋이 알 것 같았다. 그녀가 무엇을 말하고 싶어 하는가를, 그녀가 꿈꾸고 있는 것이 무엇을 의미하는지를.

그랬다. 그때의 미아리 텍사스는 술집들의 유흥가였다. 그곳에는 술도 있었고 여자들도 있었다. 그리고 그 술집의 여자들은 찾아든 남자들을 뇌쇄시키기 위해 온갖 에로틱한 분위기의 갖가지 선정적인 춤을 춘다는 소문이 무성했었다. 그 소문의 진위는 알 수 없었으나 내가 살던 양동의 골목에서도 온갖 억측과 진원지를 알 수 없는 루머가 떠돌았었고, 그것은 술꾼들의 잡담이나 낄낄거림들 속에서 심심찮게 회자되곤 했었다.

그러니까 그 선정적인 춤이라는 것은. 일종의 스트립쇼 같은 것이었다. 그러니까 암스테르담 같은 유럽의 도시에 있는 밤의 환락가에서, 그 나라를 찾아든 관광객들을 유혹하기 위해 추는 뱀춤 같은, 그런 기상천외한 갖가지 방법의 에로틱한 춤을 춘다는, 그런 스트립쇼를 의미하는 것이었다.

그때 이 서울의 미아리 텍사스 같은 곳에서도 찾아든 손님들에게 조금이라도 더 매상을 올리기 위해 그 스트립쇼의 흉내를 내며, 어떤 여자는 자신의 성기에서 장미꽃을 피워 올리고, 또 담배를 피워 연기도 내뿜기도 한다는 소문이, 온갖 루머와 함께 떠돌아다녔었다.

그러니까 그녀는 그런 '장미꽃을 피우는 성기', '담배를 피우는 성기'를 갖는 것이 꿈이라고 말하고 있는 것이었다. 그리고 취한 불빛들의 조명 아래에서 그렇게 뇌쇄적인 춤을 출 때마다 지폐들이 탄성과 박수갈채처럼 날아다니는 그런 순간을 꿈꾸고 있는 것이었다.

다시 말하지만, 나는 그때 그런 그녀가 너무도 한심스럽고 엉뚱하고 터무니없기도 해, 그런 '꿈'을 가질 수밖에 없는 그녀의 불구를 바라보며 조금은 냉소적인 어조로, 또 조금은 경멸이 섞인 어조로 이렇게 묻기까지 했다.

"그 춤은 어디서 본 적이 있어? 춰본 적이 있어? 아니면 혹시 영화 같은 데서 본 거야? 그런 거야?"

그러자 그녀는 새침하게 대답했다.

"부녀보호소에서요… 미아리 텍사스에 있던 언니였는데요, 그 춤을 정말 멋있게 잘 추었어요. 심심한 날, 그 언니가 심심풀이로 추는 그 춤을 볼 때에도 나는 황홀해지곤 했어요. 또 부러웠고요. 그 언니는 제게 말하곤 했어요. 너도 이 춤을 배워봐, 남자들이 네 앞에서 깜빡 죽을 테니까, 네가 이 춤을 추고 있는 동안에는 천국으로 가는 티켓을 손에 쥔 표정들을 할 테니까, 하고 말이에요. 그래요. 저도 그런 춤을 출 수 있는 몸을 갖고 싶어요."

그녀는 성기라는 뜻을 몸이라고 표현했다. 성기라는 다소 노골적인 어휘가 아직 소녀티를 벗지 못한 것 같은 그녀에게는 역시 부끄럽고 민망한 것이었다. 그래서 그녀는 그렇게 망설이듯 말을 꺼낸 것이다. 나는 그런 그녀를 여전히 한심스럽다는 눈으로 보며 잠시 침묵하다가 다시 물었다.

"그러면 조금 전 술집 방에서 옷을 벗은 것은 그 춤을 추기 위해서야? 그런 거야?"

그러자 그녀는 망설임 없이 대답했다.

"네. 한번 연습을 하고 싶었어요. 그래야 그 춤을 배울 수 있을 것 아니에요?"

나는 또 할 말을 잃었다. 나는 또 묵묵히 발아래의 야경의 불빛에 시선을 빠뜨렸고, 공원의 가로등 불빛도 잘 비쳐들지 않는 공중변소 뒤편의 후미진 어둠이 다행스럽게 느껴졌다.

나는 그녀에게 당황한 낯빛을 보이고 싶지 않았다. 그것은 그녀의 존재를 부정하는 의미일 것이므로, 그녀를 수치스럽게 하고 모멸감을 느끼게 할 것이므로.

그래서 나는, 이 낭패스런 순간을 벗어나려면 이 벤치를 빨리 떠나야 한다고 생각했다. 그래서 배낭을 찾아 손을 가져갈 때, 그녀는 무엇인가를 향해 툭 내뱉듯 희미하게 말했다.

"왜 사람들은 겉만 보고 저를 판단해요? 아저씨도… 그래요? 아저씨도 겉만 보고 저를 판단해요? 이상해요, 사람들은… 왜 제 속에 있는 것은 보지 못해요? 일부러 안 보려고 하는 거예요? 아저씨도… 병신인 제 겉만 보고 그게 전부 나라고 생각해요? 그래요?"

"…."

나는 그 푸념 섞인 탄식 같은 그녀의 혼잣말에 아무런 대꾸도 하지 않았다. 그러자 그녀는 또 뜬금없이 불쑥, 내게 물었다.

"요즘은 전차에서 안 자요?"

나는 나도 모르게 맥이 빠지며 퉁명스러워진 어조로 대답해주었다.

"비가 와야 자지!"

"비가 안 와도 자면 안 돼요? 한번 자고 싶어요. 아저씨는, 그러고 싶지 않아요?"

나는 못 들은 척 내 달팽이집인 배낭을 손에 쥐고 일어섰다. 그리고 침착하게 배낭을 둘러메며 그녀에게 냉랭한 어조로 물었다.

"혹시 너, 돈이 없어? 돈이 없어서 아까 그렇게 춤을 춘 건 아니야?"

그러자 그녀의 얼굴은 수치감으로 물들었다. 그리고 강하게 부인하듯 말했다.

"아니에요, 그런 것 아니에요. 정말 내가 춤을 추고 싶어 그랬다니까요."

나는 그런 그녀의 얼굴을 그래? 하듯 쳐다보다가 뒤돌아섰다. 그리고 심드렁하게 지금까지 말한 것은, 또 들을 것은 아무것도 아니었다는 식으로 말해주었다.

"다음에 또 봐. 술 너무 많이 먹지 마. 얼굴 버려. 여자가 얼굴 버리면 다 버리는 거니까!"

그리고 나는 그 후미진 벤치를 빠져나와버렸다. 여전히 모르는 척, 못 본 척, 공원에서 노닥거리는 비둘기의 낯빛 같은 웃음을 흘려주며—.

갈대

밤의 잔디공원의 벤치에 누우면 남산도서관이 눈앞에 바라다보인다.

도서관이 잔디공원과 아주 가깝게, 인접해 지어져 있기 때문이다. 분수대의 꽃시계탑 아래에서도 손에 닿을 듯 가깝게 내려다보인다. 회색의 시멘트 콘크리트의 건물로 지어졌지만, 도서관이라는 의미에서 아주 오래된, 고풍스런 건축물처럼 느껴진다.

그리고 지금은 남산 아래쪽에서 이 도서관에 이르는 길을 '소월길'이라고 부르지만, 그때에는 그냥 남산길이라고 불렀다.

그 도서관의 정원처럼 꾸며진 넓은 앞마당에는 소월의 시비(詩碑)가 세워져 있다.

그런데 그녀를 만난 여름, 그 여름에도 소월 시비가 세워져 있었나? 기억이 희미하게 가물거린다. 그리고 그 시비에는 소월의 어떤 시가 새겨져 있었을까?「초혼」? 혹은「산유화」? 그것도 역시 뇌리에서 가물거린다. 지금은 그만큼 공원과 도서관에서 멀리 떨어져 있기 때문일 것이다.

그녀를 만난 여름, 밤의 잔디공원의 벤치에 누우면, 잠들기 전, 나는 우울히 도서관의 고풍스럽게 느껴지는 건물을 올려다보곤 했다. 그리고 아직 불이 환하게 밝혀진 도서관의 창문을 밤하늘의 별들을 바라보듯, 그러니까 천체불멸설처럼 반짝이는 별들을 쳐다보듯 바라보곤 했었다.

내가 그곳에서 책을 읽을 때를 기억했기 때문이었다.

지난날, 내가 이 남산공원을 떠돌 때, 양동 빈민굴의 무허가 골방에서 기거하며 청계천에서 지게를 질 때, 틈만 나면 이 도서관을 찾아들어 책을 읽으며 내게 불필요한 시간들을 죽였다고 나는 이미 말했었다. 나는 그때를 기억하며 불이 환하게 켜진 도서관의 창문을 우울한 시선으로, 그러나 내면에서는 천체불멸설처럼 반짝이는 눈빛으로 쳐다보곤 했었다.

그리고 보면 나는 한때, 내가 세상살이에 아직 미숙했던 시절, 이 도서관의 뒤꼍 처마 밑에서 신문지를 바닥에 깔고 잠을 자던 때도 있었다. 자정을 넘긴 시각의 도서관은 공원 숲의 어둠에 묻혀 적막했고, 돌출된 베란다 아래의 시멘트 바닥은 비나 이슬의 습기를 막아주어 아늑했었다. 나는 밤이면 그곳을 찾아들어 잠을 잤었고, 낮이면 도서관을 찾아들어 책을 읽으며 시간을 죽이곤 했다.

그 책을 읽기 위해 도서관을 찾아들 때면 나는 언제나 가슴이 두근거렸다.

오늘은 어떤 책이 내 앞에 펼쳐질까? 어떤 세계가 내 앞에 놓일까? 나는 마치 처녀지에 첫발을 들여놓듯 설레곤 했었다.

그리고 어떤 책이건 내 앞에 놓이면 나를 짓누르던 암울한 현실이 잊히곤 했다. 물론 도서관의 문을 나서는 순간, 그 암울한 현실이 무거운 바위처럼 다가서곤 했지만, 나는 그 바위에 얼굴을 디밀듯 현실 속으로 걸어 들어가곤 했지만, 책을 읽는 순간만큼은 나를 바위처럼 짓누르는 현실을 잊어버렸다. 나는 그 몰입의 순간이 좋았다. 나는 그 몰입의 순간에 중독되어 도서관에 앉아 책을 읽곤 했다.

그런데 그때 나는 어떤 책을 읽었을까?

장 주네의 『도둑일기』? 존 버니언의 『천로역정』? 고골리의 『외투』? 아니다. 이런 것들은 모두 감옥의 감방에서 읽었었다. 『그리스인 조르바』도, 『죄와 벌』도 카프카의 『변신』도 솔제니친이나 헤밍웨이도, 모두 그 감방에서 읽었었다.

그러면 나는 이 도서관에서는 어떤 책을 읽었을까?

지금 아무리 곰곰이 생각해봐도 잘 떠오르지가 않는다. 그러고 보면 아마 감방이나 이 도서관이나 책을 읽는 공간으로서는 내게 같은 의미의 장소여서 그럴 것이다. 하여튼 나는 이 도서관에서도 여러 종류의 책을 읽었었다. 갖가지 소설이며 시집이며 그 달의 문예지며 시사주간지까지—. 하여튼 나는 많은 것을 읽었을 것이다.

아, 그런데 지금 한 가지 생각나는 것이 있다.

아마 철 지난 계간 문예지였을 것이다. 그 계간 문예지에서 읽은 시 한 편은 지금도 잊히지 않고 내 뇌리 속에 깊이 박혀 있다.

그것은 「갈대」라는 시였다. 그 시는, 이미 누렇게 변색이 된 책 속의 낡은 활자에 적혀 있었다.

> 언제부턴가 갈대는 속으로
> 조용히 울고 있었다.
> 그런 밤이었을 것이다. 갈대는
> 그의 온몸이 흔들리는 것을 알았다.
>
> 바람도 달빛도 아닌 것,
> 갈대는 저를 흔드는 것이 제 조용한 울음이라는 것을
> 까맣게 몰랐다.
> ―산다는 것은 속으로 이렇게
> 조용히 울고 있는 것이란 것을
> 그는 몰랐다.

*

 이 시는 신경림 시인의 「갈대」라는 시이다.
 어쩌면 그날, 이 시를 읽었는지도 모른다.
 그녀가 "저도, 미아리 텍사스의 언니처럼 춤을 추고 싶어요" 하던 그날, 나는 공중변소 뒤편의 후미진 공간을 빠져나와 이 잔디공원의 벤치로 왔었다. 그 공중변소 뒤편의 벤치에서는 아무래도 잠들기는 어렵다고 생각했기 때문이었다. 그녀의 가슴에는 비의 가시가 돋아 있었지만, 보이지도 만져지지도 않는 바이러스 같은, 그 비의

가시에 전신이 젖어 있어 보였지만, 그녀는 여전히 한숨만 나게 하는 고통과 고뇌의 덩어리였다.

*

다음 날 아침,

그 잔디공원의 벤치에서 잠을 깬 나는 공원 아래의 식당에서 간단한 아침 요기를 하고는, 오랜만에 도서관을 찾았다. 그동안 읽지 못한 책을 읽고 싶어서였다. 나는 정기간행물실에 앉아, 새로 나온 문예지들을 하나하나 찾아 읽었다. 그날의 신문도 읽었고 시사주간지도 뒤적거렸다. 그 신문과 주간지 속에서 몇 년 후면 열리는 '88서울올림픽'의 소식을 들었고, 이 남산공원도 새롭게 단장될 것이란 소식도 들었다.

그리고 오래 묵은 책들을 정리하기 위해 구석에 쌓아놓은 책들 속에서 내가 보지 못한, 누렇게 변색이 된 계간 문예지 한 권을 찾아냈다. 그 문예지 속에서 「갈대」라는 시를 읽었을 것이다.

갈대는 저를 흔드는 것이 제 조용한 울음이라는 것을
까맣게 몰랐다.
―산다는 것은 속으로 이렇게
조용히 울고 있는 것이란 것을…

나는 그때, 이 시를 읽었을 때, 그녀를 떠올렸을까?

"저는 미아리 텍사스의 언니처럼 춤을 추고 싶어요" 하는 그 말도, "짜장면 한 그릇만 사주실래요?" 하던 그 말도, 그녀의 보이지 않는, 그녀의 조용한 울음이라는 것을 그때는 알았을까? '장미꽃을 피우는 성기', '담배를 피우는 성기'를 갖는 것이 꿈이라는 그 뜻이, "나는 오늘 밤 잠잘 곳이 없어요" 그리고 지금 "내 몸이 불타고 있어요" 하는 비명이었다는 것을 그때의 나는 알았을까?

그녀도 11월의 나비처럼 바다 위를 날고 있었다는 것을—.

11월의 나비처럼 젖은 날개로 바다 위를 날고 있었다는 것을—.

그래, 어쩌면 어렴풋이 나는 그것을 알고 있었을지도 모른다. 왜냐하면 "아저씨는… 이제 한 식구잖아요, 한 식구에게 어떻게 짜장면을 사달라고 해요?" 하는 그 말 속에서 보이지 않는 끈 같은, 그 끈끈한 유대감을 이미 느꼈으므로, 그리고 그 '따뜻함의 성기'까지 이미 내 몸이 기억하는 몸이 되었으므로, 그리고 그날 밤, 그 발작과도 같은 지랄 스트립쇼를 하는 그녀의 손을 끌고 밖으로 나왔었고, 공중변소 뒤편의 후미진 벤치에서 그녀의 '꿈'이 무엇인지를 물어보기까지 했으므로.

그렇다면 나는 그때, "저도 미아리 텍사스의 언니처럼 춤을 추고 싶어요" 하는 그 말을, 무슨 음악처럼 들어줄 수 있어야 했다. 한 편의 아름다운 시나 전람회에 전시된 그림처럼 감상해줄 수 있어야 했다. 그리고 "짜장면 한 그릇만 사주실래요?" 하는 그 말까지도 한 편의 아름다운 아리아처럼 들어줄 수 있어야 했다.

그러나 나는 그러지 못했다. 어렴풋이나마 이해하면서도 나는 무관심했고 남의 일처럼 모르는 척 외면했다. 나는 이 방관을, 이 무관심을, 지금 내 젊은 영혼의 목을 치고 간 정관수술의 후유증이라고, 그 트라우마 때문이라고 변명할 수도 있겠다. 그러나 정말 그럴까? 그 정관수술의 후유증인 내 정신의 유문협착 증세 때문일까? 정말 그렇게 단언할 수 있을까?

  모르겠다.

  아, 정말 모르겠다. 그러나 이 한마디만은 단언할 수 있다. 어쩌면 그러지 못한 그 후회 때문에 지금 이 글을 쓰고 있다는 것을. 그 울음을—, 그 비명을—, 못 들은 척 외면한 그 후회 때문에… 이 글을 쓰고 있다는 것을—.

    산다는 것은 속으로 이렇게
    조용히 울고 있는 것이란 것을…

    저를 흔드는 것이 바람도 달빛도 아닌
    제 조용한 울음이라는 것을…

    이제는 이해했기 때문일까?

밤, 그리고 전차

이제 그녀에 대한 마지막 이야기를 해야겠다.
그녀에 대한 내 기억도 끝날 때가 되었다.

나는 이 글의 중간쯤에 그야말로 뜬금없이! 몸에 실오라기 하나 걸치지 않고 발가벗은 채 양동 빈민굴 사창가의 슬레이트 지붕 위에 올라서 있던 여자에 대해 얘기했었다. 그렇게 발가벗은 채 지붕 위에 올라서서 마치 실성한 듯 무엇인가를 향해, 누군가를 애타게 부르듯이 도시의 먼 허공을 향해 손짓을 하고 있던 그 여자의 모습이, 그녀와 무척이나 닮아 보였기 때문이라고도 얘기했었다. 그리고 나는 이 글을 쓰면서 번번이 그 발가벗은 여자와 그녀가 같은 여자인 것처럼 착각을 하곤 했었다. 그래서 그 여자에 대해 쓴 시를 그녀에 대한 이미지인 것처럼 소개하기도 했었다.

그러나 지금 분명히 밝혀두어야겠다.

그 여자와 그녀는 아무런 관계도 없다. 그런데 지금 이렇게 글을 쓰고 있는 이 순간에도 두 여자가 하나의 인물인 것처럼 혼동을 일으키려 하고 있다. 그것은 아무런 관계도 없는 두 여자가 그만큼 닮아 보여서일 것이다. 또 그만큼 닮아 보인다는 것의 반증일 것이다. 그녀에 대한 내 마지막 기억에도 누군가를 향해, 마치 무엇인가를 애타게 부르듯이, 그러니까 젖은 날개로 바다 위를 나는 11월의 나비처럼, 마치 닫힌 천국의 문을 두드리고 있는 것처럼 손짓을 하고 있던 그녀의 모습이 너무도 깊게 내 뇌리에 인각되어 있어서였을 것이다. 이제 그것을 얘기할 때가 되었다.

「갈대」라는 시를 읽은 그날, 도서관을 나왔을 때는 늦은 오후였다. 나는 도서관을 나와 신선한 가을바람이 묻어 있는 분수대의 색색의 조명에 물드는 물줄기를 바라보며, 이제 곧 가을의 꽃들로 장식될 꽃시계탑 앞을 지나, 천천히, 마치 가을의 싱그러운 저녁을 산책이라도 하듯이 걸어, 동상이 있는 광장의 등나무 그늘 아래 서서 잠깐 서울 시가지의 풍경을 내려다보다가, 그러니까, 이제 막 점점이 켜지는 빌딩의 불빛들과 네온사인과 가로등의 불빛들이 만들어내는 도시의 야경을 한 폭의 수채화를 보듯 감상하다가 어린이 놀이터로 이어진 계단을 내려섰을 때, 며칠 전과 똑같은 그 부동의 풍경을 목격했다.

그녀는 여전히 벤치에 널브러져 있었다.

그저께 보았던 모습 그대로, 그녀는 같은 장소의 벤치에서 같은 모습으로 널브러져 있었다.

 이제 나는 무덤덤하게 그녀를 쳐다보았다. 저 꼬락서니로 남자들을 뇌쇄시킬 춤을 배우는 것이 꿈이라니! 나는 피식 실소까지 흘렸다. 이제 걱정스런 낯빛의 한숨도 나지 않았고, 공원에서 반복적으로 마주치는 풍경을 바라보듯 벤치에 널브러져 있는 그녀를 타성적으로 쳐다보았다.

 그리고 그런 그녀를 처음 목격했을 때처럼 색이 바랜 비치파라솔 밑의 뚱뚱한 노점 아주머니에게로 가, 저 여자아이, 계속 왜 저래요? 하고 묻는 표정을 지어 보이자 뚱뚱한 노점 아주머니 또한 그저께와 마찬가지로 예의 넌덜머리가 난다는 표정으로 뒤를 힐끗 돌아보고는 말했다.

 "저년 돌았어요. 저 미친년, 맛이 살짝 갔어요."

 내가 재차 왜요, 왜 그러는데요? 하는 표정을 지어 보이자 노점 아주머니는 그 후덕한 얼굴에도 불구하고 지겨워 죽겠다는 듯이 말했다.

 "글쎄, 오전에 좌판을 펴자마자 저년이 나타나 술을 달라기에 소주 한 잔을 주었더니, 아, 글쎄, 약을 한 움큼이나 입에 털어넣지 뭐예요. 그래서 약 그렇게 먹으면 죽는다고, 큰일 난다고 말해주었더니 저년이 뭐랬는줄 알아요? 죽으면 어때요, 하는 거예요. 그래서 죽고 싶으면 한강물에 가서 뛰어들든지 하지 왜 그 모양 그 꼴로 돌아다니느냐니까, 제게도 꿈이 있어요, 하는 거예요. 그래서 꿈? 무슨 꿈인데? 하고 물으니까, 춤을 추는 거래요. 춤? 무슨 춤인데? 하고 다시 물으니까, 뭐? 뭐래더라? 그래, 그거예요, 아, 왜 미아리 텍사슴가 하는 데 있는 여자들이 남자들을 홀릴 때 춘다는 춤 있잖아요. 그 춤을 추는 것이 꿈이라잖아요. 저년 저거 미쳐도 단단히 미쳤나봐요, 저년 저거—."

그러면서 노점 아주머니는 다시 마음씨 좋아 보이는 웃음을 부끄러운 듯 웃었다. 나 또한 쓴웃음을 지으며 좌판 앞에서 몸을 돌렸다. 그리고 술과 약물에 젖어 널브러져 있는 그녀를 잠깐 쳐다보다가, 이제 정말 구제불능이군! 하는 듯한 빈 웃음만 던져주고는 저녁 식사를 위해 천천히 돌계단을 걸어 내려갔다.

아마 그때, 내가 그녀에게 던져준 웃음은 조화(造花)였을 것이다.

아니, 어쩌면 그 '고통과 고뇌의 덩어리'에 던지는 내 마지막 조화(弔花)였을지도 모른다.

그리고 며칠 후, 나는 드디어 그녀의 발광을 보았다. 발가벗은 채 지붕 위에 올라 서 있던 여자와 무척이나 닮은, 그녀의 마지막 발작을 보았다.

*

장미꽃을 피우는 성기를 갖는 것이 꿈이었던 여자아이.

담배를 피워 동그라미 연기도 만들고 바나나도 쏘아 올리는—. 그런 다채로운 기교의 성기를 갖는 것이 꿈이었던 여자아이.

마치 고향을 떠나온 아프리카의 아이가 푸른 초원을 거니는 우아한 기린을 꿈꾸듯이, 자신의 성기로 장미꽃을 피워 올려, 그 꽃으로 자신의 생의 꽃병을 장식하고 싶었던 여자아이.

화려한 무대의 취한 시선들의 조명 아래에서 마치 풀밭에서 나비가 날아다니듯, 그 온몸으로 피워 올린 뇌쇄적인 율동으로 관객들의 탄성 속에 파묻히는 것이 꿈이었던 여자아이. 그 다채로운 기교의 성기가 아무리 종의 돌연변이라고 해도, 변이 유전인자에 의한 이상 진화라고 해도, 그 장미꽃으로 자신의 불구의 몸을 장식하고 싶었던 여자아이.

자신의 생을 꽃피우고 싶었던 여자아이.

*

그날도 나는 종일 도서관에 있었다.

도서관의 정기 간행물실에 앉아 그달에 나온 문예지며 시사주간지 같은 것들을 찾아 읽고 있었다.

점심도 도서관의 구내식당에서 우동으로 때웠다.

저녁 식사도 우동으로 해결할까 하다가 내 달팽이집을 아침 식사를 하기 위해 찾아드는 순댓국밥집의 할머니에게 맡겨둔 것을 기억하고는 그만두었다. 그 달팽이집의 보관료로 국밥 한 그릇쯤 팔아주는 것이 예의라고 생각했기 때문이었다.

나는 도서관이 문을 닫는 시간까지 그 정기간행물실에 앉아 있었다.

그리고 도서관을 나와 밤 여덟시가 지나 캄캄하게 어두워진 언덕길을 내려오다가 보았다.

높은 돌벽이 쌓인 언덕길 아래에서였다. 그 돌벽 아래의 길은 낮에도 행인들의 발길이 뜸한, 수양버드나무들만 줄지어 서 있는 한적한 길이었다.

그리고 그날도 비가 내렸다.

그 비는 오후 무렵부터 내리던 비였다. 그 비의 전조로 아침부터 흐려져 있던 하늘이 오후가 들어서자 가늘게 비를 뿌리기 시작했다.

도서관을 나올 때도 비는 가늘었다. 그러나 돌벽 길 아래쯤에 이르렀을 때는 빗줄기가 조금씩 굵어지기 시작했다. 바람도 조금씩 세차게 불기 시작했다. 나는 태풍이 오려나? 하는 시선으로 하늘을 잠깐 올려다보다가 어깨를 움츠리며 들고 있던 비닐우산으로 몸을 가렸다. 그 비닐우산은 아침 식사를 위해 찾아든 국밥집 할머니에게 빌린 것이었다. 아침부터 흐려져 있던 하늘이 아무래도 수상했기 때문이었다. 나는 그 비닐우산으로 비를 가리며, 오늘은 벤치 신세 지기가 틀렸군! 하고 생각하며 언덕길을 내려왔다.

어두워진 공원의 숲은 비안개에 젖어 검게 보였고, 돌벽도 거무스름히 빗물에 젖어 번들거렸다. 바람도 이따금 세차게 불어왔다. 나는 펴들고 있는 비닐우산이 젖혀지지 않도록 조심하며 천천히 언덕길을 걸어 내려왔다.

그렇게 언덕길을 걸어 내려올 때, 그 돌벽 아래쪽에서 검은 물체가 어른거리는 것을 보았다. 그 물체는, 비바람에 흔들리는 수양버드나무 아래, 그러니까 빗속에 전조등을 켠 차들이 지나가고 있는 차도 위에까지 드리워져 있는 수양버드나무의 늘어진 가지 아래에서 어른거리고 있었다.

얼핏 멀리서 보았을 때,

그것은 지나가는 차를 세우려는 동작처럼 보였다. 그러니까 차도에 내려서서 지나가는 택시를 잡기 위해 손짓을 하는 것처럼 보였다. 그러나 좀 더 가까이 다가갔을 때, 그것은 지나가는 차를 세우려는 동작이 아니라, 그 차를 향해 무엇인가 할 말이 있다는 듯, 무엇인가 바라는 것이 있다는 듯 손짓을 하고 있는 것처럼 보였다.

그리고 좀 더 가까이 다가섰을 때 거기, 그녀의 검고 둥근 작은 물방울무늬가 점점이 찍힌 흰색의 원피스가 눈에 띄었던 것이다. 그 얇은 천의 원피스는 이미 완전히 비에 젖어, 몸의 굴곡을 무슨 부조(浮彫)처럼 떠올리고 있었다. 가로등의 불빛에 드러난, 빗속으로 질주하는 차들의 전조등에 떠올려진 그녀의 얼굴 또한 온통 비에 젖은 채 일그러져 있었다.

그리고 그녀는 맨발이었다.

그 맨발은, 그녀가 무슨 급한 볼일이 있어 바깥으로 뛰쳐나온 듯 보이게도 했다. 그래서 급히 빗속에서 차를 불러 세우려는 모습처럼 보이게도 했지만, 지켜보는 사람을 놀라게 만들었고 또 참담하게 느껴지게 만들었다.

그리고 그 참담함 속에서 나는 보았다.

그렇게 온통 비에 젖은 채, 굵은 빗방울로 내리는 빗속에 서서 지나가는 차들만 보면, "자고 가요— 제발, 자고 가요—" 하고 울먹이며 마치 실성한 듯 손을 흔들고 있는 그녀의 모습을—, 그렇게 온통 비와 눈물에 젖은 그녀의 얼굴을—.

그랬다. 그녀는 마치 길거리에서 지나가는 남자에게, 자고 가실래요? 하고 부르듯, 잠깐 쉬었다 가실래요? 하며 옷소매를 끌 듯, 지나가는 차들을 향해 손짓을 하고 있었다. 비에 젖은 얼굴빛은 창백했고, 눈물에 젖은 눈동자도 흐려 보였다. 이제 쇼트커트의 형태로 자라 오른 머리카락은 빗물에 달라붙어 그녀를 더 참담하게 보이게 했다.

나는 또 너무도 놀랐다. 그런 그녀를 발견한 순간, 저건 또 무슨 스트립쇼지? 하는 생각까지 얼핏 떠올렸다. 그러나 아니었다. 내가 양동 골목에서 흔히 보아온 그런 스트립쇼가 아니었다. 그녀는 얼굴과 전신에 온통 눈물과 빗물에 젖은 채로 지나가는 차만 보이면, "자고 가요— 제발 자고 가요—" 하며 손만 흔들고 있었다. 그 비탄에 젖은 모습은 참담했고, 애처로워 보이기도 했다.

그래, 그랬다. 그것은 또 다른 형태의 발작이었고, 발광이었다. 그 모습을 지켜보며 나는 한동안 움직이지도 못하고 그 자리에 서 있었다. 도저히 발걸음을 떼어놓을 수가 없었다. 마치 전신을 무거운 돌벽이 짓눌러오는 것처럼 느껴졌다. 또 바람이 세차게 불었고 굵은 빗줄기가 몰아쳤다. 그녀는 곧 넘어질 듯 휘청거렸다. 빗물이 뚝뚝 떨어지는 원피스의 치맛자락도 바람이 불 때마다 아랫도리에 달라붙어 둔부와 다리의 굴곡과 살갗의 빛깔을 드러냈다. 수양버드나무의 가느다란 줄기들도 마치 풀어헤친 머리카락처럼 흩날렸고, 빗속에 떨어진 나뭇잎들은 차도의 아스팔트에 흘러내렸다.

그때, 비닐우산도 젖혀져 빗줄기가 내 얼굴에도 몰아쳤다. 나는 젖혀진 우산을 바로 펴기 위해 뒤돌아서서 몇 걸음을 그녀 쪽으로 뒷걸음질했고, 그리고 가까스로 펴진 우산을 들고 돌아서는 순간,

그녀는 얼굴을 돌려 나를 쳐다보았다. 그러나 그녀는 내가 누구인지 알아보지도 못하는 듯, 마치 처음 보는 사람에게 그러하듯, "아저씨— 자고 가요. 자고 가요" 하며 나를 향해 손짓을 했다. 그리고 그렇게 손짓을 하며 울먹였다.

아저씨, 자고 가요—. 제발, 자고 가요—.

그리고 그 순간, 그녀는 희멀겋게 웃었다. 마치 유체가 이탈된 듯한, 표백제에 완전히 탈색이 된 듯한 그런 희멀건 웃음이었다.
나는 등줄기에서 전율이 흐르는 것을 느꼈다.
빗물과 온통 눈물범벅인 채로 떠올린 그 웃음은, 무슨 그로테스크한 가면을 보는 듯 느껴졌기 때문이었다. 그리고 그녀는 그 웃음을 띠어 올린 순간 또 몸을 돌리더니 지나가는 차를 향해 정말 완전히 넋이 나간 듯이 다시 손짓을 하기 시작했다.
"자고 가요— 제발, 자고 가요—."
참담했다. 나는 또 모르는 척 그 자리를 피해가고 싶었다. 도망치고 싶었다. 그러나 발걸음이 움직여지지 않았다. 그녀의 내부로부터 반사된 듯한 그 비참함은, 그 쓸쓸함과 슬픔은, 나를 그 자리에 붙잡힌 듯 묶어놓았고, 또다시 등줄기를 전류가 훑고 지나가게 했다.
그리고 그때, 그녀는 기진한 듯 차도의 아스팔트 바닥에 주저앉아버렸다.
맨발인 채로 빗물이 흘러내리는 아스팔트 바닥에 주저앉아버린 그녀는 이제 혼잣말인 듯 지나가는 차가 눈에 보이면 힘없이 손짓을 하며 희멀겋게 중얼거렸다.

"자고 가요… 제발… 자고 가요…."

그때 전조등을 번뜩이며 빗속을 달려오던 2톤 트럭 한 대가 급히 브레이크를 밟으며 핸들을 꺾으면서 소리쳤다.

"이 미친년아! 길바닥에서 죽고 싶어 환장했어!"

그리고 성난 듯 물보라를 일으키며 그녀 곁을 쏜살같이 지나가버렸었다.

그것을 보며, 나는 또 바람에 뒤집히려는 우산을 버려버렸다.

아무렇게나 길바닥에 내팽개쳐버렸다. 그리고 점점 더 굵어지는 빗줄기에 노출된 채, 그녀에게로 다가갔다. 다가가며, 입고 있던 군용 작업복의 셔츠를 벗어 젖은 그녀의 상체에 덮어주고는 그녀의 겨드랑이 밑으로 두 손을 끼어 그녀를 껴안은 채 그녀를 끌듯이 돌벽 밑쪽의 인도로 옮겼다.

그녀는 그렇게 부축한 내 팔 안에서 지난번의 젖은 빨래처럼 축 늘어져버렸다. 아무리 몸을 바로 곤추세워주려고 해도 인사불성인 채로 힘없이 자꾸만 미끄러져 내렸다. 그러나 그대로 길바닥에 널브러지게 할 수는 없어, 전신에서 빗물이 줄줄 흘러내리는 그녀를 잠시 내려다보다가 그녀를 업어야 되겠다고 생각했다. 그녀를 비를 맞지 않는 곳으로 옮겨주어야겠다고 느꼈기 때문이었다. 나는 그녀를 억지로 일으켜 세워 돌벽에 기대게 하고는, 재빨리 몸을 돌려 미끄러져 내리려는 그녀를 등에 받쳐 업었다. 그녀는 여전히 젖은 빨래처럼 내 등에 축 걸쳐졌다.

그녀의, 미발육의, 야윈 몸뚱이는 여전히 가벼웠다. 나는 그 자그마하고 가벼운 몸뚱이를 등에 업고는 무거운 돌벽 길을 걸어 내려가 어린이 놀이터로 들어가는 후문 입구에 서서 잠시 망설였다.

그녀를 어디로 데리고 가야 할지 얼른 감이 잡히지 않아서였다. 그리고 빗속에서 그녀를 눕힐 만한 곳도 눈에 띄지 않았기 때문이었다. 빗속의 밤의 공원은 인적기 하나 없이 적막했고, 노천의 벤치는 흥건하게 빗물에 젖어 있었다. 그녀의 지하방으로 데리고 가야 할까? 그녀의 지하방이 있는 붉은 벽돌 건물의 여인숙은 바로 길 건너편에 있었다. 그러나 나는 망설였다. 빗물이 줄줄 흘러내리며 걸레 뭉치처럼 내 등에 축 늘어져 있는 그녀를 보면 곧 쫓아낼 듯 오만상을 찌푸릴 여인숙의 주인 여자가 생각났기 때문이었다. 그리고 아무것도 보지 않고 아무것도 의식하지 않겠다는 듯 눈을 꼭 감은 채 내게 몸을 맡기고 있던, 그 낭패한 순간을 다시 마주치고 싶지 않았기 때문이었다.

나는 빗속에서 그녀를 업은 채, 그렇게 잠시 망설였다.

그때, 내 눈앞에 전차가 놓여 있는 것이 보였다. 전차는 상처 입은 짐승처럼 쏟아지는 빗속의 어둠속에 웅크리듯 놓여 있었다. 나는 그녀를 업은 채 그 전차를 향해 걸어갔다.

*

나는 그 전차를 향해 망설임 없이 걸어갔다.

그리고 그 전차 앞에 다다랐을 때, 등에 업은 그녀를 잠깐 땅에 내려놓고는 지난번처럼 전차의 창문을 열고 안으로 들어가 간단히 걸쇠의 잠금 장치를 벗기고는 전차의 문을 열었다. 그리고 바깥으로 나와 여전히 인사불성인 채로 빗물에 질척이는 바닥에 누워 있는 그녀를 안아 올려, 다시 전차의 안으로 데리고 들어갔다. 그리고 전차의 문을 닫았다.

나는 전차의 퇴색한, 그러나 부드러운 융단 의자 위에 그녀를 눕혔다.

그녀의 몸에서는 여전히 물기가 뚝뚝 흘렀지만, 나는 그 포근한 초록빛 융단 의자 위에 그녀를 눕혔다. 그녀는 여전히 의식을 잃은 듯 축 늘어져 있었다. 나는 그런 그녀를 내려다보며 잠깐 생각했다. 푹 자고 나면 괜찮겠지!

나는 그녀의 상체에 입혀준 군용 작업복 셔츠를 벗겨, 젖은 빨래를 짜듯 물기를 짜내고는 다시 그녀의 상체 위에 덮어주었다. 그리고 호주머니에서 손수건을 꺼내 그녀의 얼굴과 머리카락을 닦아주며 또 잠깐 생각했다.

그래, 푹 자고 나면 깨어나겠지—.

나는 그렇게 생각하며 빗속의 전차의 창문으로 비쳐드는 희미한 가로등의 불빛에 떠오른 그녀의 얼굴을 내려다보았다. 그러나 아무래도 이상하다는 생각이 들었다. 어떻게 저렇게 순간적으로 정신을 놓아버릴 수가 있을까? 평소의 그녀의 술과 약물에 취한 모습과는 너무도 달라보였기 때문이었다.

그리고 어제, 어린이 놀이터의 뚱뚱한 노점 아주머니는 말했었다. 그녀가 한 움큼의 알약을 소주와 함께 입속에 털어넣은 것을 보았다고—.

그것에 생각이 미치자 나는 다시 그녀의 얼굴을 살펴보았다.

여전히 그녀의 얼굴은 창백했고 표정은 돌처럼 굳어 있었다. "이봐, 정신 차려!" 나는 그녀의 얼굴을 몇 번 흔들어보기도 했지만, 그녀는 그렇게 의식을 잃은 채로 벌어진 입가에는 침까지 흘리고 있었다. "이봐, 정신 차려 봐!" 그녀는 얼굴의 살결 또한 돌처럼 차가웠고, 손의 체온도 싸늘해져 있었다.

나는 당황했다. 대체 이 노릇을 어떻게 한다? 저대로 푹 자고 나면 정말 괜찮을까? 나는 그녀의 건너편 의자에 긴장한 몸을 내려놓았다. 그리고 바깥을 내다보았다. 공원의 어둠속으로 굵은 빗줄기가 사선을 그으며 떨어져 전차의 창문에 부딪쳐 흘러내리고 있었다.

그 빗속에 잠긴 공원은 더 어둡고 적막해 보였다.

그러나 전차 안은 빗소리 하나 새어들지 않았다. 공원의 숲을 흔드는 바람 소리도 스며들지 않았다. 고요했다. 그 고요가, 전차 안을 더 깊은 적막에 잠기게 했다. 창문을 흘러내리는 빗물에 의해 전차가 떠 흐르는 것 같은 느낌마저 가져다주었다. 그 빗물에 젖은 전차의 창문에 비친 도시의 야경의 불빛들도 무슨 얼룩처럼 번져 흘렀다.

나는 멍하니 공원의 적막 속에 번져 흐르는 그 불빛들을 암담한 시선으로 바라보았다. 그리고 어쩌면 그때, 내가 양동 빈민굴 사창가에 발을 디딘 후 처음 목격한, 한 창녀의 죽음의, 그 '길바닥에서의 장례'를 문득 기억해냈는지도 모른다. 그 늙은 창녀 또한 처음에는 한 알 두 알, 그리고 나중에는 열 알 스무 알의 알약을 한꺼번에 삼켰었다. 그리고 돌처럼 굳어버렸었다.

그리고 죽음은 마분지의 빛깔이라는, 그 마분지는 말의 분뇨로 만들어졌다는, 그 고정관념까지 함께 떠올렸는지도 모른다.

그리고 이 글을 쓰고 있는 지금 이 순간까지도 마치 무의식처럼 내 폐부 속에 각인되어 있는, 그 누렇게 퇴색되고 늙은 검버섯 같은 피부를 가지고 있는, 그 죽음에 대한 공포를 함께 연상했는지도 모른다.

나는 빗물이 흘러내리는 전차의 창문에서 눈을 떼어 다시 그녀를 바라보았다.

그녀는 여전히 인사불성인 채로 눈을 꼭 감은 채 입가에는 침을 흘리며, 마치 깊은 잠에 빠져 있듯 의식을 잃고 있었다. 나는 그런 그녀를 더욱 암담한 시선으로 지켜보았다. 대체 내가 어떻게 해주어야 할까? 어떻게 해주어야 그녀가 의식을 되찾고 깨어날까? 도무지 그 방법이 생각나지 않았다.

그녀가 한꺼번에 삼킨 알약들은 알코올에 분해되어, 지금, 그녀의 머릿속에서 불꽃놀이를 하고 있을 것이었다. 그녀는 그 화려한 불꽃놀이의 축제 속에서 황홀경에 빠져 있을 것이었다. 몸은 이미 딱딱하게 굳어가고 있지만, 그녀는 그 빈사 상태 속에서 화려한 불꽃놀이를 즐기고 있을 것이었다.

그리고 또 그녀는, 그 불꽃놀이의 화려한 조명 아래에서 관객들을 뇌쇄시킬 춤을 추고 있는지도 모를 일이었다. 지폐들이 날아다

나는 그 박수갈채들의 탄성 속에 파묻혀, 우리가 매일 마시는 공기처럼, 신선한 호흡을 하게 해주는 산소처럼, 그녀는 춤을 추고 있을지도 모를 일이었다.
　어쩌면 나는, 그 비슷한 생각을 떠올리며 그녀를 지켜보고 있었을 것이다. 그러면서 이따금 "이봐, 정신 차려 봐!" 하며 몇 번이고 더 그녀의 얼굴을 흔들어보았을지도 모른다.
　그리고 그 '길바닥에서의 장례'를 떠올리며, 순간, 겁이 덜컥 났을지도 모른다. 왜냐하면 그녀의 낯빛 또한 전차의 창문으로 비쳐드는 희미한 가로등의 불빛 아래에서, 점점 마분지의 빛깔로 변색되어가는 것을 발견했기 때문이었다. 그녀는 숨만 가늘게 내쉬고 있을 뿐, 몸은 딱딱하게 굳어가고 있었다. 지난날의 그 늙은 창녀처럼 의식이 끊긴 완전한 식물 상태처럼 보였다. 그러니 어떻게 한다? 어떻게 한다?

　나는 의자에서 몸을 일으켜 잠시 전차 안을 서성였다.
　대체 이 노릇을 어떻게 해야 할까? 어떻게 해야 할까? 조금 더 두고 보아야 할까? 저대로 잠을 푹 자고 나면 깨어날까? 아무 일 없었다는 듯 아침이면 깨어날 수 있을까?
　나는 전차 안을 서성였다.
　그러다가 다시 그녀가 마주보이는 의자에 앉았다. 그리고 그 참담한 심정으로 '고통과 고뇌의 덩어리'를 바라보았다.
　그녀는 여전히 식물 상태에서 깊은 잠에 빠져 있었다. 자신의 몸이 돌처럼 딱딱하게 굳어가고 있는 것도 모른 채, 깊은 잠에 빠져 있었다. 그것은 이미 죽어, 그 죽음을 생이듯 살고 있는 미라처럼 보였다. 마치 몇 천 년 전의 세월 저쪽에서 건너온, 그런 미라를 연상시켰다.

나는 다시 다가가 그녀가 호흡을 하고 있는지를 확인했다.

가느다란 숨결이 그녀의 코끝에서 느껴졌다. 가슴의 박동 또한 가늘게 느껴졌다. 그러나 그 가슴의 오르내림은 자꾸 꺼져가는 것처럼 느껴졌다. 꺼져갈 때 느껴지는 마지막 호흡의 맥박처럼 느껴졌다.

괜찮을까?

이대로 놔두어도 정말 괜찮을까?

저대로 약물에 젖은 채 푹 자고 나면 아무 일 없었다는 듯, 내게 무슨 일이 있었냐는 듯 깨어날 수 있을까?

정말 그럴 수 있을까?

나는 다시 그녀가 마주보이는 의자에 앉았다.

빗줄기는 여전히 사선을 그으며 전차의 창문을 흘러내리고 있었다. 세차게 바람이 부는지 빗줄기는 창문을 두드리다가 조용해지곤 했다. 그 혼란함 위로 공원의 가로등 불빛이, 도시의 야경의 불빛이 다시 무슨 얼룩처럼 번지다가 지워지곤 했다.

나는 다시 그녀의 얼굴을 지켜보았다.

그러나 그녀는 여전히 고통과 고뇌의 덩어리로 그곳에 누워 있었고, 그것은 건져낼 수 없는 암담한 나락처럼 보였다. 아무리 손을 뻗어도 손끝이 닿지 않는, 그 손끝이 천길 벼랑처럼 느껴지는 그런 나락처럼 보였다.

그래, 어쩌면 그녀는 깨어나지 못할지도 모른다. 저대로 영영 깨

밤, 그리고 전차 217

어나지 못하는 잠에 빠져 익사할지도 모른다. 그래, 지금 이 순간을 놓치면 어쩌면 영영 그녀를 저 잠에서 깨어나게 하지 못할지도 모른다. 그래, 지금 이 순간을 놓치면—.

그때 나는 무엇엔가 감전된 듯 의자에서 벌떡 몸을 일으켰다.

그리고 그녀의 상체에 덮어준 군용 작업복 셔츠를 벗겨 입고는, 가만히 전차의 문을 열고 바깥으로 빠져나왔다.

전차의 바깥으로 빠져나온 나는 빗속을 걸어, 그 어린이 놀이터 후문 입구의 관리실 옆에 있는 공중전화 부스로 찾아들어갔다.

나는 수화기를 들었다.

그리고 빨간 표시가 되어 있는 긴급 발신의 버튼을 누른 뒤, 여기, 한 명의 행려병자가 죽어가고 있다고, 남산공원의 어린이 놀이터에 전시되어 있는 전차 안에서, 치사량의 약물을 복용한 한 여자 행려병자가 지금 죽어가고 있다고, 급하게 중얼거린 뒤 가만히 수화기를 내려놓았다.

그리고 나는 다시 전차 안으로 들어가 죽은 듯이 의식을 잃고 있는 그녀를, 그 구제할 길 없는 불구의 고통과 고뇌의 덩어리를 잠시 내려다본 뒤 전차의 문을 활짝 열어놓은 채 다시 바깥으로 나와, 빗속을 걸어 그 공중전화 부스의 뒤쪽, 그러니까 그 공중전화 부스와 잇대어 있는 관리실의 처마 밑에 몸을 숨긴 채 웅크리고 서 있었다. 죽어가는 행려병자를 소포처럼 운반해갈 경찰 앰뷸런스의 뻔뜩이는 경광등을 기다리며, 나는 몸을 숨긴 채 서 있었다.

에필로그

그녀에 대한 기억은 여기서 끝난다.

그 밤, 공원 어린이 놀이터의 후문으로 진입해오는 경찰 앰뷸런스의 번뜩이는 경광등을 지켜본 후, 나는 공원을 빠져나와버렸다.

그 후, 그녀가 어떻게 되었는지는 잘 모른다. 죽었는지 살았는지도 모른다. 낯선 세계의 이방인처럼 누워 있던 그녀를 다시는 만나보지 못했다. 그녀는 그렇게 내 곁에서 사라져갔다. 그리고 세월이 흐르면서 희미하게 잊혀져갔다.

그러나 나는 지금도 그녀와의 헤어짐이 결코 '길바닥에서의 장례'라고 생각하지 않는다.

*

그리고 그 가을이 깊어갈 즈음, 나는 산사(山寺)로 들어갔다. 서울 근교에 있는 사찰이었다. 그 산사행도 일일 취업소에서 운 좋게 얻어진 것이었다. 나는 그 산사에서 갖가지 허드렛일을 하며, 그 겨울을 보냈었다.

어쩌면 그때, 순댓국밥을 파는 할머니의 술집에서 그녀에게 아무렇게나 "발길 닿는 데로 떠날 거야!" 한 것도 이 산사행을 염두에 두고 한 말인지도 모른다. 내가 달팽이집을 등에 얹고 세상을 물처럼 흐르고 싶었을 때, 이 산사행도 그 계획에 포함되어 있었으므로.

나는 산사의 낙엽 지는 마당을 쓸었고, 늦가을의 추수도 하였고, 겨울 마당에 내리는 눈도 쓸었다. 그리고 요사채의 아궁이에 군불을 지피면서 틈틈이 경(經)을 읽었고, 선사들의 문답집을 읽었다. 그리고 때때로 『금강경』에 나오는 글귀인 '응무소주 이생기심(應無所住 以生其心)', 즉 머무르지 말고 마음을 내라는, 그 글귀의 의미를 생각하곤 했었다.

그랬다. 그때의 내겐 또 하나의 숨겨놓은 꿈이 있었다. 그것은 내가 '우주를 훔치는 도둑'이 되는 것이었다. 그것은 돌로 지게를 내리치고 감옥으로 걸어 들어갔을 때, 감방에서 읽은 것이었다. 나는 어느 선사의 설법집에서 "쩨쩨하게 남의 물건을 훔치는 도둑이 되지 말고, 우주를 훔치는 도둑이 되라"는 글귀를 읽었었다. 우주를 훔치는 도둑이라…. 그것은 아주 매혹적인 말이었다. 내가 달팽이집을 등에 엎고 세상을 물처럼 흐르는, 그 '물의 행'의 꿈과 일치하는 길이기도 했다. 머무르지 말고 마음을 내라ㅡ. 그것은 젖되 젖지 말라는ㅡ, 불교의 세계관이 함축된 철학적인 의미이기도 했다. 나는 『금강경』 속의 그 글귀를 화두처럼 붙들고, 그 겨울의 산사에서 머물렀다.

그런데 그때, 산사의 낙엽을 쓸면서 눈 덮인 마당을 쓸면서, 또 겨울의 아궁이에 군불을 지피면서 문득문득 등에 엎히는 무엇인가가 있었다. 그것은 등에 떨어지는 낙엽일 수도 있었고, 어깨에 내려앉는 눈송이일 수도 있었다. 또 군불을 지핀 아궁이에서 비쳐 나와 얼굴을 발갛게 물들이는 장작불의 불빛일 수도 있었다.

그것은 그녀에 대한 기억이었다. 그녀는 어떻게 되었을까? 병원에 입원은 했을까? 아니면 혹시 죽어버린 것은 아닐까? 그 '길바닥에서의 장례'처럼 사라져버린 것은 아닐까?

그렇게 나는 나뭇잎 하나로, 어깨에 내려앉는 눈송이 하나로, 때로는 아궁이의 불빛으로 다가오는 그녀에 대한 기억을 문득문득 떠올리고는 했었다. 그리고 그렇게 무심결에 내 등에 엎히는 그녀에 대한 기억을 내려놓을 수가 없었다. 그 기억은 문득 떨어지는 낙엽 같은 것이었고, 어깨에 가만히 내려앉는 눈의 깃털 같은 것이었<u>으므로.</u>

아, 어떡하면 그녀를 내려놓을 수 있을까?
어떡하면 그녀를 벗고 홀가분해질 수가 있을까?

머무르지 말고 마음을 내라—. 그 화두는 끝내 풀리지 않았다.

이듬해 여름, 나는 산사를 내려왔다.
다시, 달팽이집을 등에 얹고 산사를 내려왔다.

*

그리고 몇 달 후, 나는 다시 길을 걷는 것이 직업인 것처럼 걸었다.
그러니까 산사를 내려온 뒤, 그해 겨울, 나는 청량리의 청과물시장에서 품거리를 지는 지게꾼이 되었다. 다시는 지게를 지고 싶지 않았지만 그 겨울을 나기 위한 어쩔 수 없는 선택이었다.
나는 양동의 무허가 일세방에 기거하며 새벽이면 전철을 타고 청량리의 시장으로 가곤 했다. 청량리 청과물시장의 그 새벽 품거리를 지는 일은 내게 많은 시간을 할애해주었다.
왜냐하면 오전까지만 일을 하면 새벽의 도매시장은 파장을 했기 때문이었다. 그러면 내가 책을 읽으며 빈둥거릴 수 있는 오후의 시간이 고스란히 남겨졌다. 나는 그것이 좋아 다시 새벽의 청량리 청과물시장의 품거리를 지는 지게꾼이 되었다. 청과물시장의 새벽 배달 일을 끝내면, 나는 지게를 보관소에 맡겨놓고 다시 전철을 타고 돌아오곤 했다.
그리고 전철을 타기 위해 청량리시장의 뒷길을 걸으며, 커다란 유리의 진열장 안에 마치 그 진열장의 상품인 것처럼 앉아 있는 여자들을 보곤 했다.

나는 이 길을 걸을 때마다 그 진열장 안을 기웃거리곤 했다. 그 유리의 진열장을 통해 비치는 여자들의 얼굴을 유심히 살펴보면서―. 마치 오래 묵은 습관이나 타성인 것처럼, 나는 그 유리의 진열장 안을 기웃거리곤 했다. 혹시나 그녀의 얼굴은 아닐까? 생각하면서.

물론 그녀가 그곳에 앉아 있을리는 없었다.

그 진열장 안은 상품의 가치가 있는 얼굴과 몸매들만 전시되어 있을 것이므로―. 백화점의 화려한 쇼윈도에 장식되어 있는, 살아 있는 '인간 마네킹'처럼 말이다.

그래도 나는 행여나? 하고 기웃거려보곤 했다.

인간은 세계를 변화시킬 수 없을 때, 자신을 변화시킨다. 나는 그 유리의 진열장 안에 전시되어 있는 여자들을 보며, 때로 상상해보곤 했다.

그녀가 그곳에 앉아 있는 모습을―.

"당신이 4천 프랑에 나를 산다 해도, 나를 잠깐 빌려줄 수는 있어도 줄 수는 없어요" 하며. 그 세련된 자의식의 담배를 피워 물며 그녀가 그곳에 앉아 있는 모습을―.

그랬다. 그때, 그녀의 꿈은 그런 것이었다.

"저도 미아리 텍사스의 언니처럼 춤을 추고 싶어요" 하는 것도 '장미꽃을 피워 올리는 성기'도, 그 꿈이 가난과 배고픔이 주는 생의 비참함 때문에, 그 쓸쓸함 때문에 변형되어 나타난 것이었다.

그 꿈이, 그녀가 결코 이룰 수 없는 불가능한 것이었다 할지라도, 변이 유전인자에 의한 이상 진화였다고 할지라도, 그렇게 세련된,

뇌쇄적인 유혹의 눈웃음을 던져 지나가는 남자들의 시선을 매혹시키는 것이 그때 그녀의 꿈이었다.

그래, 인간은 세상을 변화시킬 수 없을 때, 자신을 변화시킨다.

*

그리고 나는 또 길을 걸었다.

그러니까 먼 길을 걷는 듯한 '심리적인'인 길을 걸었다. 그것은 양동 빈민굴의 골목에서나 종로네거리에서나 마찬가지였다.

그렇게 길을 걷다보면 많은 사람들과 마주치거나 스쳐지나간다.

그러나 그때 내 눈길을 끌거나 잠깐 머물게 하는 것은, 양동 빈민굴 같은 허름한 뒷골목의 길모퉁이에 서서 "잠깐 쉬었다 가실래요?" 하며 지나가는 남자들에게 눈빛을 던지거나 옷소매를 끄는 그런 여자들이었다.

또 그렇게 은근한 눈빛으로 다가와 시치미를 뗀 표정으로, "담뱃불 좀 빌려주실래요?" 하는, 그러니까 겉으로는 유혹의 눈웃음을 던지지만 속으로는 거부할 수 없는 쓸쓸함이 묻어나는, 그런 여자들이었다.

길을 걷다가 우연히 그런 여자들을 마주치면, 그때의 나는 말할 수 없는 부드러움과 함께 안도감을 느꼈다. 그런 여자들의 얼굴에서 '고향'과도 같은 그 무엇을 발견하기 때문이었다. 그리고 어두침침한 길모퉁이에서 그런 여자들과 마주칠 때마다 나는 깜짝 놀라곤 했다. 혹시 그녀가 아닐까? 하며.

그러나 나는 곧 실망을 하곤 했다. 내가 찾는 그녀가 아니었기 때문이었다. 그래도 나는 그 여자의 얼굴에서 발견한 낯선 표정에도 불구하고 부드럽게 웃어주곤 했다. 얼굴 가득 미소를 떠올리며 담뱃불을 붙여주거나, "요즘 장사 잘 돼?" 하며 지극한 동류의식으로 굴어주곤 했다. 그러면 어떤 여자는 까르르 웃거나, 담배 연기를 내 얼굴에 후— 내뿜으며 "잘 가!"라고 말했다. 또 이렇게 말하기도 했다.

"다음에는 날 공치게 하지 마. 여자가 손짓하는 데 도망치는 쩨쩨한 남자는 밥맛이라고!"

그래, 지금 기억해보면 어쩌면 나는 그녀를 쏜 총일지도 모른다. 총알은 새의 가슴을 뚫고 심장을 관통했다. 비웃음의 총탄으로 장전된 총은, 도시의 잿빛의 무관심의 숲속에 숨어 있다. 그녀는 피를 흘리며 쓰러졌다. 나는 그녀를 죽였다.

*

그리고 또 한때, 길을 걷다가 "잠깐 쉬었다 가실래요?" 하는 여자를 만나면, 나는 어김없이 술을 마시고 싶은 충동을 느끼곤 했다. "담뱃불 좀 빌려주실래요?" 하는 그 낯선 여자의 얼굴에서 번번히 그녀의 부재(不在)를 보았기 때문이었다. 그 부재를 확인할 때마다 나는 '나'라는 인간에게 술을 먹이고 싶곤 했다. 그리고 실제로 술집에 앉아 있기도 했다. 이 자기 방기는 한때나마 내게 쾌감을 주었다. 그리고 찾아든 술집의 탁자에 턱을 괴고 앉아 있노라면, 내 몽롱한 시선을 잠식하는 어떤 물체이든 그녀의 얼굴을 복원시키곤 했다. 초라하고 남루하고 쓸쓸한—, 그러나 초라하고 남루하고 쓸쓸하지 않은 웃음을 숨기고 있던—, 눈과 얼굴이 둥그스름해 전체적으로 둥글고 아담해 보이던—, 그 얼굴을 문득 떠올릴 때마다 나는 탄식처럼 술을 따르곤 했다. 그리고 어쩌면 후회와 비탄을 마셨을지도 모른다. 그 술은 순식간에 온몸의 혈관으로 펴져 나를 취하게 만들었다. 얼굴의 모세혈관은 손톱처럼 돋아났다. 그 손톱은 내 얼굴을 가늘게 찢었다. 그리고 엉망으로 취한 나는 거리를 비틀거리곤 했다. 그녀는 정말 죽은 것일까? 새처럼 어디론가 날아가버린 것일까?

나는 비탄의 빛깔이 어떤 것인지 잘 모른다. 그러나 그때, 내 술잔에 따라지는 술의 빛깔이라고 믿고 있다. 그리고 반복되는 그 부재를 통해서, 그녀는 내게서 조금씩 지워져갔다. 사는 일이 다 그러하듯—, 살아가는 일이 그렇게 망각의 긴 그림자를 끌며 걸어가는 일이듯—.

*

그리고 시인이 된 지금, 또 이따금 거울을 쳐다보고는 한다.

거울에 떠오른 얼굴이 아직도 "길은 어디에 있나?" 하고 묻고 있는 물음표 같다. 여전히 텅 빈 상자를 묶은 끈의 매듭 같기도 하다. 아직도 이 얼굴이 할 일은 무엇일까? 우는 걸까? 정말 우는 것뿐일까?

뿌리에 도끼가 찍힐 때마다 잎만 떨어뜨려주는 나무처럼? 그 나무처럼?

그래, 내게도 한때 애인이 있었다. 그녀는 애인이라고 생각했지만, 나는 애인이라고 생각하지 않는 '애인'이었다.

내가 이렇게 말하면 지금도 사람들은 웃을 것이다. 시인이 된 이후에도 내가 어떤 인간인지를 사람들은 잘 알고 있기 때문이다.

"니, 내 좋나? 좋으면 우리 하룻밤 같이 자까?"

그래, 이 말은 내 정신의 유문협착 증세가 만들어낸 것이라고 나는 이미 밝혔었다. 그리고 이 말에 어떤 교류의 감정이나 사랑이니 연애니 하는 이물질은 첨가하지 않았다고―. 그리고 그것이 내가 사는 방식이었고, 또 그런 것들은 '꿈'이 있어야 존재하는 것이라고―.

그 꿈을 거세해버린 뒤의 '꿈'이었던, 내 시인이라는 얼굴―.

그래, 그 시인이라는 얼굴로 나는 지금도 기억한다. 바구니에 담겨 하염없이 강물을 떠내려가는 아기를 안아 올리는 손길 같았던, 그 '따뜻함'을―.

그 따뜻함의 성기를―.

그랬다. 다시 말하지만 그녀의 따뜻함은 불구가 아니었다.

"제가 짜장면을 사드려요? 그렇게 해도 돼요?" 하던 그 따뜻함의 성기는, 걸을 때마다 지구가 기울어진 듯 절룩거리는, 그 불구가 아니었다.

그래, 그녀의 따뜻함의 성기는 포근했다.

그 따뜻함의 몸은 불구가 아니었다.

그러나 그때의 나는, 그 어떤 것도 정박할 수 없는 사막의, 모래 인간이었다.
젊은 내 영혼의 목을 치고 간 칼날이 만들어낸, 내 정신의 유문협착 증세, 그 트라우마가 만들어낸, 그런 모래의 인간이었다.

새를 아세요? 새는 겉과 속을 가진 동물이죠. 새의 깃털 속에는 몸이 있고 그 몸속에는 새의 영혼이 있죠. 나의 깃털… 당신이 거리에서 나를 만나 4천 프랑에 나를 산다 해도, 그건 단지 깃털 속의 내 몸을 잠시 빌려갈 뿐이에요. 내 자신을 타인에게 빌려줄 수는 있어도 줄 수는 없어요.

나의 깃털… 아니 그녀의 깃털… 그래, 나는 그녀의 깃털 하나도 되지 못하였다. 슬픈 영혼이 담긴 그녀의 몸에 꽂힌 차가운 깃털 하나도 되지 못하였다. 그러나 지금이라도 만약 그녀를 만난다면, 혹시 우연히 길에서라도 마주친다면, 그녀에게 꼭 해주고 싶은 말이 있다. 그것은 시인이라는 얼굴을 내 앙상한 몸통 위에 매달고 난 후, 오랫동안 생각해온 것이었다. 그것은 이 말이었다.

니, 내 좋나? 좋으면 우리 하룻밤 같이 자까?

작가의 말

한 사람에 대해 기억한다는 것은 무엇을 의미하는 걸까? 그냥 단순한 추억일까? 회상일까?

그러나 기억에 대해 글을 쓴다는 것은, 더구나 소설로 쓴다는 것은, 그 기억에 대해 무엇인가 할 말이 있다는 뜻일 것이다.

사람이 살다보면 많은 것들을 만나고 또 보고 겪는다. 그래, 살다보면……. 기억하고 싶지 않은 기억도 존재할 것이다. 그러나 기억하고 싶지 않은 그 기억이 이 시대를 살아가는 우리가 꼭 기억해야 할 것인지도 모른다.

어쩌면 이번의 글쓰기도 그런 의미인지도 모르겠다. 기억하고 싶지 않지만 꼭 기억해야 하는 것.

나는 이 글을 쓰는 동안 줄곧 망설였고 갈등에 시달렸다. 이것도 소설일 수 있을까? 소설이라는 이름으로 명명할 수 있을까?

그랬다. 나는 지금까지 내가 체험한 것만 글로 써왔다. 프랑스의 여성 작가 '아니 에르노'처럼 말이다. 이 작가도 "나는 내가 체험한 것만 글로 써왔다"고 당당하게 선언했다. 그런 의미에서 나는 이 소설을 쓰는 동안 어떤 소설적 상상력이나 허구에 기댄 형식, 줄거리의 플롯 같은 것은 염두에 두지 않았었다. 그냥 체험의 현실적 공간과 시간의 흐름 속에 펜을 자연스레 놓아두었었다.

어쩌면 이런 형식의 글을 소설 이전의 소설, 소설 이후의 소설이라고 말할 수도 있겠다.

그래도 나는 이 흐름을 놓치지 않고 끝까지 밀고 나갔었다. 그것이 소설이라는 이름에 얼마나 충실했는지는 차지해두자.

언젠가 어떤 책에서 "인생의 고난을 깨닫게 될 때, 아름다움은 더 깊이 이해된다"라는 글을 읽었었다. 아마 미술에 관련된 책이었을 것이다. 나는 이 소설을 쓰는 동안 그 의미를 늘 염두에 두고 글을 끝맺었었다. 그리고 내가 만난 한 여자의 생을 통해 고난이 가져다주는 한 아름다움과 만났었다.

그 아름다움이 더 큰 고통이었을지라도 나는 그것을 외면할 수가 없었다. 어쩌면 그것이 내가 고통 속에서 마지막으로 움켜쥐고 싶었던 것인지도 모른다. 그리고 나는 똑똑히 직시했었다. 현재가 과거의 미래이며 미래의 과거라는 것을……

그리고 이 글을 쓰는 내내 이 한마디만은 결코 잊지 않았다. 애이불비(哀而不悲)—슬프지만 결코 겉으로 슬픔을 나타내지 않는다는—, 그 느낌으로 지금 마지막 이 글까지 쓰고 있다.

앞으로 얼마나 더 많은 시간들이 흘러갈지 모르지만 과거의 미래인 이 시간 속에서 나는 애써 태연한 얼굴을 하고 있다. 그래, 哀而不悲—.

2014년 가을
김신용

이 도서의 국립중앙도서관 출판시도서목록(CIP)은 서지정보유통지원시스템 홈페이지
(http://seoji.nl.go.kr)와 국가자료공동목록시스템(http://www.nl.go.kr/kolisnet)에서
이용하실 수 있습니다. (CIP제어번호: CIP2014024842)

새를 아세요?
ⓒ 김신용

초판 1쇄 인쇄	2014년 10월 27일
초판 1쇄 발행	2014년 11월 3일
지은이	김신용
펴낸이	김석봉
책임편집	이현호
디자인	조동욱
펴낸곳	문학의전당
출판등록	제311-2012-000043호
주소	서울시 은평구 연서로11길 7-5 401호
편집실	서울시 마포구 마포대로 127, 413호(공덕동, 풍림VIP빌딩)
전화	02-852-1977
팩스	02-852-1978
블로그	http://blog.naver.com/mhjd2003
전자우편	sbpoem@naver.com

ISBN 978-89-98096-91-5 03810

* 양측의 서면 동의 없는 무단 전재 및 복제를 금합니다.
* 잘못 만들어진 책은 바꿔드립니다.
* 이 책의 판권은 지은이와 문학의전당에 있습니다.